Isabelle GENLIS

CENDRILLONS

Éditions Picquier

Mas de Vert
B.P. 20150
13631 Arles cedex

www.editions-picquier.com

Conception graphique : Picquier & Protière

En couverture : © Martina Matencio Ruiz Peinado, @lalovenenoso

ISBN : 978-2-8097-1569-9

Mâche ton propre sort, même si c'est une pierre.
Ne digère pas celui d'autrui, même si c'est du beurre.
Proverbe tibétain

L'or véritable ne craint pas le feu.
Proverbe vietnamien

Préface

A la mémoire de mon père, à ma mère, à ma sœur,
aux feuilles d'or et d'argent

Les contes se transmettent, s'échangent, se métamorphosent, parcourent le monde grâce aux conteurs mais sont aussi repris par les écrivains, les cinéastes, les metteurs en scène, les chorégraphes et même les concepteurs de jeux. C'est qu'ils portent des vérités essentielles que nous ne pouvons pas nous dispenser de visiter. Cendrillon est l'une de ces cassettes merveilleuses de la littérature orale, intemporelle et présente dans toutes les civilisations.

L'histoire de cette jeune orpheline a voyagé, sans que l'on sache véritablement d'où elle est partie, bien que l'une des versions chinoises semble être la plus ancienne, approximativement datée du IXe siècle.

Elle s'est transformée, adaptée aux contextes historiques et culturels, mais déroule depuis toujours le même fil : le parcours d'une jeune fille qui perd sa position favorable au sein de la famille. Elle est jalousée et maltraitée par sa belle-mère et sa demi-sœur, avilie, dépersonnalisée. Soumise à une série d'épreuves initiatiques, aidée par des personnages surnaturels, elle passe de l'enfance à l'âge adulte et trouve enfin sa place en tant que femme respectée au sein de sa communauté.

Ces contes nous parlent des blessures de la mémoire, de l'écrasement douloureux de la perte, de la puissance du désir de vie. Ils sont les harmoniques composant le son d'un récit universel et, dans leur mise en scène du lien social et familial, apparaissent comme un emblème de la condition féminine.

Plus de cinq cents versions reliées à Cendrillon ont été consignées à travers le monde. De nombreux scientifiques, ethnologues, folkloristes les ont collectées et étudiées. Paul Delarue, auteur du *Catalogue raisonné des versions de France*, précise que « Le conte-type de Cendrillon appartient à un cycle de contes qui sont à tel point mélangés et enchevêtrés (…) qu'il est impossible d'étudier l'un de ces contes isolément ». Il en est ainsi pour les douze versions des pays d'Asie proposées dans ce recueil. Elles s'empruntent des motifs les unes aux autres, les entrelacent pour offrir à chaque peuple une histoire qui lui ressemble du trajet emblématique d'une femme en quête de réalisation.

Leurs variations parmi les cultures, les langues, le langage symbolique et ses images, nous engagent à sortir de nos repères habituels et nous permettent d'accéder à une part secrète de nous-mêmes. A l'heure de l'hyper-urbanisation, du temps contracté, le conte de fées conserve la force de sa parole symbolique qui fait fi de la morale. Il pointe des enjeux universels, interroge nos plus grandes douleurs, nos plus beaux espoirs, notre lumière et notre ombre. Il nous raconte tout entiers dans ce que nous sommes, avec la distance bienveillante et apaisante de l'imagination.

Ces Cendrillons d'Asie nous font voyager dans des milieux d'agriculteurs ou de pêcheurs, où la croyance animiste règne. La nature y est enchantée, active, messagère. Elle est le substitut maternel, la mère Nature. Sous la forme de poisson, tortue, corbeau, arbre, elle est l'initiatrice des héroïnes qui ont perdu leurs propres mères dont elles sont les seules à conserver le souvenir vivant, tandis que le père lui aussi est absent - mort ou remarié. Ces orphelines oscillent entre deux mondes, celui des vivants et des morts, entre un passé brisé et un présent chaotique. Cependant, guidées par cette bienveillante nature, elles s'ouvrent à une autre forme de perception de la réalité ordinaire.

Ces histoires ont l'odeur du sang, du mensonge, de la convoitise, de l'injustice, mais aussi un parfum céleste.

Certes, leurs héroïnes sont noyées dans les rivières de larmes d'un deuil qu'on ne peut surmonter qu'en traversant corvées et humiliations, épreuves et réincarnations successives. Les peines endurées sont proportionnelles à la promesse de vies futures meilleures. Le monde est accepté comme imparfait, voué à l'impermanence, tout est passage et transformations continuelles. Mais si chaque perte ouvre sur la suivante, d'une intensité supérieure, leur enchaînement débouche sur la libération et l'épanouissement, symbolisées par le mariage avec un homme puissant, qui n'est autre que la manifestation de la force retrouvée de la jeune femme.

Si les Cendrillons occidentales s'arrêtent à cet épisode, l'intérêt des versions d'Asie se situe également dans la suite du chemin. Que se passe-t-il une fois que les forces sont retrouvées ? Si elles veulent vivre, il faut en finir avec ce qui les a menacées et qui risque encore de les atteindre. Elles ne se soumettent pas à une justice divine, elles règlent leurs comptes. Il ne suffisait pas de l'image du mariage pour faire de l'héroïne une femme en pleine possession d'elle-même. Il s'agit aussi de savoir distinguer le bon grain de l'ivraie et se situer au sein de ce vaste monde.

*

C'est en fréquentant la littérature orale vietnamienne que j'ai découvert le populaire *Tam Cam* qui est au Vietnam ce que Cendrillon est à la France. Il m'a incitée à chercher les déclinaisons du conte dans le vaste territoire d'Extrême-Orient. Plus de deux cents récits sont apparus, généralement des versions orales colportées qui sont par la suite « rentrées en littérature », écrites parfois en vers.

J'ai eu la chance de les recevoir de mes amis, de conteurs et conteuses, musiciens et musiciennes originaires des pays d'Asie avec lesquels je travaille, au cours d'entretiens avec des ethnologues, des linguistes, ou lors de mes voyages. Entre racontées parcellaires, récits fleuris, publications scientifiques, témoignages, multiples traductions et autant d'adaptations, j'ai pu rassembler plusieurs versions des contes, en faire une exploration respectueuse pour les raconter à mon tour, nourrie de leurs métamorphoses, à la façon dont les conteurs s'emparent d'un récit, avec appétit, dans l'espoir d'en partager les saveurs.

Je tiens à évoquer tout particulièrement le linguiste et grand collecteur Maurice Coyaud, dont l'accompagnement fut déterminant pour ce travail au long cours. Ses contributions aux recherches, son aide à la traduction de textes et d'enregistrements en langue notamment vernaculaires, ses notes et son enseignement des peuples d'Asie qu'il a tant côtoyés, m'ont servi de guide. J'en conserve le souvenir d'un scientifique heureux de découvrir des « versions conteuses », métamorphosant ses « rapportages », terme qu'il aimait utiliser, souvent rugueux mais fidèles et précis.

Et bruissante autour des portes de l'Asie
S'allonge et se disperse
Dans l'incertaine plaine marine
La profusion des routes sans ombre.
Mais le marin sait les îles.

Hölderlin, « Patmos », traduction de
Gustave Roud, *Odes, Elégies, Hymnes*, NRF.

De nos jours où les échanges globaux effacent les codes relationnels communautaires, espérons que, fidèles à l'une des fonctions du conte, ces Cendrillons d'Asie nous rassemblent.

Les récits que nous allons partager abritent un panthéon de figures et de motifs inattendus. Etres surnaturels, objets, animaux et humains se côtoient, interfèrent les uns avec les autres, guident, éprouvent nos héroïnes. Leurs apparitions et leurs actions, qui échappent à notre logique, participent non seulement à l'onirisme, à l'humour de ces contes de fées mais sont surtout dotées de sens. Ponctuons notre voyage d'escales suggestives auprès de ces Merveilles, qui suscitent notre étonnement, notre admiration et nos interrogations…

Le poisson

Rouge vif, d'argent ou aux écailles de soie, un surprenant petit poisson traverse les flots des Cendrillons. Dans ces régions de pêcheurs, celui qui nourrit les populations illumine soudainement le courant d'une rivière ternie des larmes d'un insupportable deuil. Il apparaît, adorablement chétif, de ceux qui nous exhortent à oublier nos peines pour leur venir en aide, qui font jaillir de nos ténèbres la compassion que nous peinons à accorder à nos propres fragilités. Il rallume les braises de vie étouffées par le chagrin et réveille l'héroïne du semblant de mort qu'elle s'impose depuis celle de sa mère. Il grandit auprès d'elle aussi vite que le petit poisson Matsya auprès du sage Manu. A l'instar de ce premier avatar du dieu Vishnou, il lui procure ce dont elle a besoin pour échapper à son propre déluge.

Ce messager discret se révèle être le véhicule céleste des âmes dont les corps n'ont pas de tombe, vivant dans le tourbillon des réincarnations, naviguant entre la vie et la mort. Il est celui de la mère et quelquefois celui de l'héroïne défunte, chargé de rendre à son époux son discernement et son acuité altérés par le chagrin. Il perpétuera dans tous les cas ce qui fut commencé et interrompu par les avanies de la jalousie, avant de se fondre à nouveau dans la danse des existences. Et si sa fin peut vous sembler cruelle, elle rendra à l'héroïne ce dont elle fut dépossédée et qui est pourtant la marque universelle de notre humanité : la possibilité d'un enterrement, selon les rites, l'achèvement du deuil de sa mère pour laisser advenir un futur en instance, un tombeau comme le terreau fertile d'un bonheur promis.

Yexian

Chine

Il y a très longtemps de cela, dans la région troglodyte de Wudong, vivait Wu, le chef des cavernes. Il avait épousé deux femmes. Elles mirent au monde deux petites filles la même année : la première épouse nomma sa fille Yexian et la deuxième, Jun-Li.

Les deux fillettes étaient aussi différentes que leurs mères l'étaient l'une de l'autre, qu'une grimace l'est d'un sourire. Rien n'était jamais assez bien, assez beau, assez grand pour Jun-Li. Yexian s'émerveillait de tout, des petites aux grandes choses. La beauté, la bonté, les talents de l'une consolaient le père des plaintes et des exigences de l'autre. Il en conçut une préférence marquée pour Yexian et la choya.

La seconde épouse en prit ombrage. Sa fille devait être la préférée. Elle répétait :

— Les dons du ciel ont un prix. Elle paiera la note tôt ou tard.

La note ne se fit pas attendre. Yexian était très jeune encore quand sa mère quitta la vie. Son père ne l'en choya que davantage, mais une épidémie décima les habitants des cavernes et il mourut à son tour.

Jusque-là respectée et aisée, la femme du chef passa au rang de simple veuve désargentée avec deux enfants à charge. Sa belle-fille devint son bouc émissaire. Elle la vêtit de haillons et la nourrit de pauvres restes. Elle l'envoya chercher du bois dans la forêt à la nuit tombée, dans l'espoir que les bêtes sauvages la dévorent. Yexian obéissait avec un sourire constant et une grâce qui attisaient la cruauté de sa belle-mère.

Un jour, la femme trouva enfin le moyen de la perdre :

— Sur la haute montagne, au sommet, coule un ruisseau. Son eau, dit-on, est un baume de santé. Ta sœur est pâle et je suis fatiguée. Va en chercher.

Yexian partit le cœur en fête. Elle escalada les rochers, franchit les crêtes acérées, glissa, tomba mais arriva. Le chant apaisant du ruisseau l'accueillit. Des nuées de petits poissons lui offrirent un ballet de bienvenue. L'un d'eux se distinguait des autres. Ses nageoires rouges et ses yeux d'or ensoleillaient le cours d'eau. Il nagea vers la jeune fille, s'allongea sur un rocher et lui dit :

— Petite, ton cœur est aussi pur que l'eau de mon ruisseau mais il est lourd ! Dépose-moi dans la mare près de la caverne de ton père. Quand tu viendras, je saurai te reconnaître et je m'allongerai près de toi pour t'écouter, te conseiller.

Elle le fit.

De ce jour, Yexian et son poisson ne firent plus qu'un. Chaque matin, la jeune fille volait du temps à ses corvées. Elle courait à la mare. Le poisson la reconnaissait à son allure, à ses habits. L'or de ses yeux illuminait les jours brumeux.

Jun-Li avait remarqué les escapades régulières de sa sœur. Elle l'espionna et découvrit le clandestin aux nageoires rouges et aux yeux d'or. Elle rapporta tout à sa mère qui déclara :

— Les dons du Ciel ont un prix. Et si le Ciel n'est pas gourmand, moi je le serai à sa place.

Le lendemain, elle appela sa belle-fille :

— Yexian a beaucoup travaillé. Elle mérite une belle robe ! Mon enfant, quitte ces vieux habits et revêts cette *qipao*. Tu la mérites. Va te montrer dans le village, prends du bon temps et tout autant de compliments !

Yexian revêtit la robe finement brodée et partit au village.

La belle-mère s'empara des haillons et les fit passer à sa fille. Toutes deux partirent à la mare et Jun-Li s'assit sur la berge, comme sa sœur l'avait fait. Le poisson aux nageoires rouges et aux yeux d'or sortit de l'eau. La femme l'empoigna brusquement, sortit un couteau aiguisé, lui trancha la tête d'un coup sec, l'écailla et suça sa chair. Elle recracha les arêtes dans les ordures :

— Voilà au moins une dette réglée auprès de moi.

Quand Yexian revint du village, elle courut voir son poisson. Une rosée rouge recouvrait l'herbe de la berge. Elle entendit :

— Pleure, Petite ! Amères sont les larmes qui restent coincées dans la gorge. Ecoute-moi pourtant. Ta belle-mère m'a dévoré. Elle a recraché mes arêtes dans les ordures. Va les chercher, garde-les toujours près de toi. Elles t'offriront tout ce que tu désireras. Il te suffira de me dire : *Oh mon soleil, brille pour moi.*

Yexian fouilla dans les ordures. Les arêtes de son ami y macéraient. Elle les nettoya tendrement et les cacha dans une petite bourse en tissu qu'elle attacha à sa ceinture.

De ce jour, ni les torrents de méchanceté ni les tempêtes de corvées ne purent voiler le bonheur de l'orpheline. Ses arêtes travaillaient pour elle. Devait-elle ramasser du bois ? Elle sortait sa bourse en tissu et prononçait :

— *Oh mon soleil, brille pour moi !*

Et les bûches s'amoncelaient. Lui fallait-il puiser de l'eau ?

— *Oh mon soleil, brille pour moi !*

Les pots, les jarres débordaient. Yexian était resplendissante de santé et de beauté, quoi que l'on puisse exiger d'elle.

Les mois passèrent au rythme accru des rosseries de la belle-mère. La fin de l'année approchait et avec elle, les célébrations annuelles. Les familles se retrouveraient pour fêter le printemps naissant, les jeunes filles rencontreraient des jeunes hommes et les mariages s'annonceraient. La belle-mère ne pensait qu'à ça. Sa fille serait éclatante. Personne ne lui porterait ombrage. Elle trouverait un mari, le meilleur parti qui soit.

Elle coupa ses plus belles étoffes, les cousit, les agrémenta. Sa fille était plus décorée qu'un arbre à vœux. Yexian n'avait que de vieux vêtements élimés. Elle demanda à sa belle-mère une écharpe pour s'apprêter. La femme la prit par la main et l'entraîna jusqu'aux vergers :

— La récolte promet d'être belle. Ce serait un crime de partir. Les oiseaux s'abattent sur les fruits. Ce sont les arbres de ta mère, c'est elle qui les avait plantés. Tu te dois de les protéger !

Yexian accepta la mission sans protester. Quand elle fut seule, elle sortit sa bourse en tissu :

— *Oh mon soleil, brille pour moi !*

Une nappe d'oiseaux se posa sur les branches. Yexian frappa dans ses mains :

— Partez ! Partez ! Ne touchez pas à mes beaux fruits ou je me ferai disputer !

Mais les oiseaux ne les picoraient pas du tout ! Ils s'appliquaient à détacher leurs plus belles plumes et confectionnaient un manteau comme on n'en avait jamais vu, aux couleurs vives et élégantes. Puis ils se posèrent sur le sol et lui offrirent deux souliers d'or, comme on n'en avait jamais vu non plus. Ces souliers étaient si petits que la jeune fille fut surprise de réussir à les chausser.

Elle entendit :

— Maintenant, cours, va à la fête ! Mais attention, toi qui ne marches que pieds nus, ne jette ni ne perds tes souliers !

Yexian promit.

A son arrivée, la fête battait son plein. Elle dansa et fit l'admiration des jeunes hommes tout autant que des jeunes filles. Elle entendit Jun-Li crier parmi les tambours et les gongs :

— Cette fille ressemble à ma sœur !

Yexian s'enfuit si promptement qu'elle perdit un de ses souliers. Elle rentra à la caverne et dissimula sous sa natte le somptueux manteau de plumes et la chaussure qui lui restait. Elle demanda à ses arêtes de l'aider à retrouver celle qu'elle avait perdue. Pour la première fois, les arêtes furent silencieuses.

Le lendemain, un paysan ramassa le soulier au milieu des lanternes de fête abandonnées. L'homme n'en avait jamais vu de semblable, recouvert d'or et si petit ! Il en tirerait un bon prix. Il le vendit à un marchand. Le marchand le vendit aussi et le soulier, de vente en vente, arriva entre les mains du roi régnant sur les îles de To'Han.

Ce roi était un amateur de beaux objets, un collectionneur renommé. Ce soulier d'or était unique, tout d'abord parce qu'il était seul, ce qui est rare pour une chaussure, ensuite parce qu'il était en or et si petit ! Il en rêva. Le pied qui rentrerait dedans était sûrement celui d'une femme hors du commun. Il déclara :

— J'épouserai celle dont le pied rentrera sans aucun effort dans ce délicat soulier d'or.

Et ce roi était si puissant que ses désirs étaient des ordres indiscutables.

Toute la cour fut en émoi. On construisit un pavillon pour y recevoir les jeunes filles de toutes les îles de To'Han. Grandes et petites, riches et pauvres tendirent leur pied avec entrain. Ils étaient trop grands ou trop larges. La chaussure resta orpheline.

Le roi observa cc soulier qui ne tolérait aucun pied. En collectionneur averti, il remarqua de fines broderies. Les points, les motifs délicats rappelaient l'art des habitantes des cavernes. Il les fit chercher aussitôt. Jun-Li arriva la première. Sa mère l'avait préparée en compressant ses pieds tout ronds dans un bandage bien serré. Sa fille serait bientôt reine, sa fille à elle et aucune autre. Yexian, assommée de corvées, ne put partir.

Malgré des efforts insensés, le soulier resta solitaire. Le roi le fit placer sous cloche en attendant qu'il trouve son pied. Des bataillons de messagers furent déployés dans toutes les îles alentour et dans la région des cavernes. Ils avaient ordre de dénicher les femmes qui n'étaient pas encore venues. Après d'interminables traques dans les maisons, l'exploration de chaque hutte, l'inspection de chaque caverne, ils découvrirent enfin

Yexian. Ils l'arrachèrent à sa belle-mère et la conduisirent au palais.

La jeune fille entra dans le pavillon. D'abord, elle lava son pied dans de l'eau pure, puis elle saisit le soulier avec grand soin et l'enfila. Il lui allait parfaitement, exactement, de véritables retrouvailles. Devant le roi trônait une reine aux pieds d'or. Le manteau de plumes colorées la magnifiait. Il fit de la fille des cavernes sa première épouse.

Yexian goûta à une vie qu'elle n'avait jamais connue. Elle se détendit enfin. Elle rangea sa bourse en tissu dans un coffret.

Elle coula des jours heureux auprès de son roi débonnaire, bien plus paisibles que sa belle-mère. La femme était désespérée. Jun-Li n'avait pas de mari. Personne ne l'avait remarquée aux fêtes de la nouvelle année. Les reproches entre mère et fille s'additionnèrent, les disputes se succédèrent. Elles crièrent si violemment que les parois de la caverne s'effondrèrent. Le tremblement se fit sentir jusque sur l'île de To'Han.

La reine les fit rechercher. On eut beau fouiller les décombres, on ne retrouva pas les corps. Elles demeurèrent ensevelies sous ce monticule de pierres froides qu'on appela « le tombeau des femmes regrettables ». Yexian pria pour leurs deux âmes. Elle fit le vœu que leur vie chez les immortels leur soit plus douce que sur la terre. Son souhait fut sans doute exaucé et apaisa certainement les deux esprits, car il paraît que quiconque prie sur ce tombeau voit ses vœux se réaliser.

Yexian enterra son passé en même temps que sa belle-mère et sa sœur. Elle n'en garda que sa petite bourse en tissu et partagea son doux secret avec le roi. Il fut tout d'abord intrigué, puis curieux de cette magie cachée au fin fond d'un coffret ! Il supplia son épouse de formuler un souhait pour lui. La reine le fit. La magie opéra si bien qu'elle dut en faire un deuxième, puis un troisième. Plus les vœux se réalisaient, plus le roi perdait en sagesse. Il lui fallait cette petite bourse. Rien d'autre qu'elle ne comptait et ce qu'elle lui rapporterait. Il en négligea son épouse.

Yexian sentit le goût douloureux du passé. Une nuit, elle prit sa bourse et se sauva. Elle traversa les mers, les océans et s'arrêta sur un îlot de sable blanc. C'est là, loin du monde, dans le repli discret d'une plage, qu'elle enterra son trésor. Il y demeure peut-être encore, si la mer ne l'a pas emporté !

Le fruit de l'ultime métamorphose

Coing, plaquemine ou figue, juteux, prometteurs de saveurs et de plaisirs terrestres, parfument nos récits. Au terme de certaines de nos histoires, l'un d'eux mûrit sur la cime d'un arbre si verdoyant qu'on en espérerait une récolte abondante, mais il est unique. Il coiffe la terre de l'exceptionnelle lumière de sa peau et dispense un parfum enchanteur. Il excite l'appétit, provoque le désir, le goût, la faim, la soif, force l'admiration. Tous les regards convergent vers lui et chacun le veut pour soi. Sous l'écorce, sa chair se colore, nourrit noyau et pépins qui deviendront ensuite féconds ; une préparation à la pérennité, protégée de la convoitise, poussant si haut que nul ne peut l'atteindre. Seuls une voix candide, un cœur simple peuvent le convaincre de se détacher de sa branche ; ceux d'une femme du peuple, ni reine, ni fée, sans fortune, mais sachant le reconnaître comme l'enfant d'une nature sacrée. Il arrivera que cette femme cueille le fruit spontanément, mais elle honorera sa précieuse trouvaille d'un temps de reconnaissance et attendra pour le manger. Dans tous les cas, ce fruit merveilleux est respecté et rend grâce à cet accueil : l'héroïne, mi-déesse mi-femme, sort de sa réserve et offre l'abondance. En échange, son hôtesse lui rend la vie : elle déchire la dernière peau, relaie la mère nature et met l'héroïne au monde. Le fruit est l'ultime métamorphose qui permet à l'enfant orpheline d'accéder au statut de femme et de s'inscrire au sein de sa communauté.

Tam et Cam

Vietnam

Dans le village de Thang Long, c'était la fête ce jour-là. Les femmes et les hommes avaient attendu deux cent quatre-vingts jours, quarante semaines, neuf lunes bien pleines. Ils avaient veillé le ventre arrondi. Il en sortirait un garçon.

Pour les parents, garçon ou fille, peu importait! C'était leur premier enfant. Un garçon prolongerait la lignée des nobles ancêtres. Une fille transmettrait chants, poèmes et la mémoire de la famille aux descendants.

Quand les astres qui nous gouvernent se relayèrent dans le ciel, le dernier cri de la maman laissa place au premier cri du nouveau-né, une jolie petite fille. Ses parents la nommèrent Tam, Brisure de Riz. Elle avait les yeux de sa mère, un regard rempli de bonté, et la bonhomie de son père. Ce fut la fête ce jour-là et les jours qui suivirent aussi, mais toutes les fêtes ont une fin. Celle-ci aussi se termina. Tam avait tout juste trois ans quand sa mère quitta cette vie.

Le temps passa. L'homme restait seul avec sa fille. Dans le village, dans la famille on serinait à ce père célibataire :

— Un homme n'a pas à cuire le riz ! Il n'a pas à laver le linge, pas plus qu'à élever un enfant. Il te faut une femme !

On lui présenta cette femme qu'il lui fallait absolument, une femme puissante aux yeux de braise. Elle s'empara du cœur en cendres, l'enflamma… Ils se marièrent.

Les rites du mariage passés, la femme puissante aux yeux de braise n'eut plus qu'un souhait : donner un garçon à son homme. Qu'il porte le nom de son père ! Qu'il le transmette à son enfant ! Elle promenait son ventre rond, pointé devant elle :

— Touchez mon ventre et il vous portera bonheur !

On compta les semaines, les lunes. Enfin l'épouse mit au monde cet enfant qu'on attendait tant. C'est une fille qui naquit. Le père devint la risée de son village. L'eau qui coule jour après jour finit par user la pierre. Dépité, il nomma la petite fille « Balle de Son », la nourriture des cochons. En vietnamien, ça se dit : Cam.

Le père perdit le goût de vivre. Il en mourut.

La veuve dut élever Tam et Cam comme ses deux filles. Tam était gracieuse, serviable, le portrait de sa mère. Cam avait un visage ingrat, un regard toujours mécontent, la voix pincée. Sa mère était vexée. Pour se venger, elle accabla Tam de corvées et lui rationna les bols de riz.

Un matin, la femme puissante aux yeux de braise réunit les deux filles devant la maison. Elle leur présenta un cache-seins, un petit chemisier en soie rouge brillant. Elle leur dit :

— Celle qui fera la meilleure pêche de crevettes aura le droit de le porter.

Les deux sœurs en avaient envie ! Elles coururent à la rivière, chacune munie d'un panier. Tam s'enfonça dans la boue grasse. Elle avait pris l'habitude de travailler et remplit vite son panier. Cam n'avait attrapé que des fleurs et des papillons. Quand elle vit que sa sœur allait gagner, elle lui dit :

— Sœur aînée Tam, ta tête est sale. Si mère te voit dans cet état, tu te feras gronder et battre. Plonge dans l'eau et lave-toi !

Tam plongea la tête sous l'eau, lava ses longs cheveux boueux, les fit briller. Elle revint à la surface, chercha sa sœur… et son panier… Ils avaient tous deux disparu.

Tam versa des larmes amères. Au cœur d'une goutte de tristesse, elle vit le Bouddha :

— Ne pleure pas, petite Tam, ce cache-seins n'en vaut pas la peine. Regarde au fond de ta corbeille, il te reste un petit goujon, un poisson Bong. Il est déjà ton confident. Tu lui confieras tes bonheurs et tes malheurs. Va le porter dans le bassin recouvert de fleurs de lotus et donne-lui trois fois par jour un bol de riz. Pour l'appeler, tu chanteras : *Toi poisson Bong petit goujon, mange mon riz d'or et d'argent, mais refuse le riz moisi et la soupe froide d'autrui.*

Aussitôt dit, aussitôt fait. Le poisson Bong petit goujon fut porté à l'étang fleuri. Chaque jour après les repas, Tam courait laver les baguettes et en profitait pour donner sa part de riz à son ami. Sa voix berçait les nénuphars :

Toi poisson Bong petit goujon, mange mon riz d'or et d'argent, mais refuse le riz moisi et la soupe froide d'autrui.

Caché sous les fleurs et les feuilles, le poisson Bong petit goujon apparaissait, mangeait le riz d'or et d'argent, fêtait les joies, pansait les peines.

Tam revenait de ses corvées avec un sourire épanoui. Sa belle-mère s'en consumait de rage. Ni les coups bas, ni les mots durs qu'elle prenait la peine de forger et d'aiguiser ne parvenaient à dégrader cette joie et cette beauté.

Cam était intriguée. Elle ne comprenait pas le plaisir que sa sœur éprouvait à laver les baguettes et les bols. Elle la suivit. Elle l'espionna. Elle retint chaque geste, mot, chaque note et rapporta tout à sa mère.

La pensée qu'un poisson se nourrissait de son riz resta coincée comme une arête dans sa gorge. Le lendemain, elle caressa les cheveux de Tam en lui disant :

— Tam, ô ma fille, tu es si pâle. Tu as besoin de respirer. Mène le buffle aux pâturages et repose-toi.

Tam partit en gambadant.

La femme puissante aux yeux de braise et sa fille se précipitèrent à l'étang aux lotus avec un bol de riz. Cam imita la voix de sa sœur, prononça les mêmes paroles, versa le riz. Le poisson Bong petit goujon jaillit. La mère l'attrapa, l'écailla, le mangea, recracha les arêtes et se tapota le ventre :

— Tout le riz qu'elle nous a volé pour t'engraisser, il nous est maintenant rendu !

Quand Tam revint avec son buffle, elle courut à l'étang fleuri. Elle avait tant à raconter à son ami :

Toi poisson Bong petit goujon, mange mon riz d'or et d'argent, mais refuse le riz moisi et la soupe froide d'autrui.

Les fleurs de lotus défraîchies pleuraient sur une goutte de sang caillé. Au cœur de cette larme rouge, le Bouddha apparut :

— Ne pleure pas, petite Tam. Ramasse toutes ces arêtes, dépose-les dans quatre petits pots et enterre-les sous ton lit.

Tam les chercha. Aucune trace, ni dans la mare, ni sur la berge. La belle-mère les aurait-elle mangées ? Elle rentra à la maison, le pas lourd et le cœur meurtri. Une poule lui caqueta :

— Tes arêtes contre du paddy ! Cot cot cot cot ! Gratte gratte gratte gratte ! Je les retrouverai pour toi !

Tam lui lança une belle poignée de riz non décortiqué. La poule gratta et retrouva les arêtes dans les cendres de la cuisine. Elle les fit sauter une à une. Elles atterrirent dans les pots que tendait Tam et furent placées sous le lit.

Le temps passa, long, prévisible. Tam travaillait et supportait. Pas de pleurs, pas même une plainte. Cam au regard toujours mécontent l'espionnait toute la journée. C'était ainsi. Elle tentait d'imiter sa sœur, de faire des yeux de lotus, mais ils ressemblaient davantage à deux durians.

Une nouvelle vint égayer la maisonnée. Le roi organisait une fête pour la récolte de paddy qui était belle cette année-là. On promettait des marionnettes, une procession de lanternes, danses et chants en présence du Fils du Ciel !

Cam ne pensait plus qu'à sa toilette. Sa mère la conseillait, cousait, repassait, répétait :

— Tunique de soie, pantalon bien long, écharpe brodée et emperlée, faites de ma fille une vraie princesse pour la fête de la récolte.

Tam rêvait d'y participer. Elle en parla à sa belle-mère. La femme puissante aux yeux de braise s'empara de deux grands bols, l'un rempli de son, l'autre de paddy. Elle les versa pêle-mêle dans la cour :

— Tu n'as pas fini ton travail. Regarde tous ces grains par terre ! Quand tu les auras ramassés et parfaitement triés sans en perdre un seul grain, tu nous rejoindras à la fête.

Elle partit avec sa fille.

Tam arrosa les grains de larmes. Au cœur d'un grain blanc et luisant, le Bouddha brilla :

— Ne pleure pas, petite Tam. Pose dans la cour deux chapeaux, un pour le son et un autre pour le paddy. Les moineaux vont trier pour toi. Aucun ne mangera de grain, c'est moi Bouddha qui les envoie. Dis seulement : *Oiseaux moineaux, venez m'aider et si vous mangez un seul grain, il griffera votre gosier !*

Aussitôt dit, aussitôt fait, Tam les appela. Les oiseaux trièrent le son et le paddy sans rien manger, mais Tam ne put se réjouir. Elle n'avait aucune tenue pour aller à une si grande fête. Le bel esprit au sourire doux la rassura :

— Redresse-toi, petite Tam. Déterre les quatre petits pots que tu as placés sous ton lit. Ils contiennent tout ce qu'il te faut.

Ce qu'elle fit.

Du premier pot sortit un pantalon de soie, du deuxième pot, une *ao dai* de brocart bleu, et du troisième, une paire de sandales brodées d'ailes de phénix. Tam se vêtit. Tout était parfaitement taillé et ajusté. Elle était de toute beauté, à en faire voler les poissons et trébucher les oies sauvages ! Au fond du quatrième pot, dormait un tout petit cheval. Quand il sortit, il devint fort et vigoureux, une vraie monture royale.

Sans attendre, Tam le chevaucha.

La cavalière et sa monture galopaient le long d'un lac lorsque des tambours et des cris troublèrent leur course :

— Place, place, place à Sa Majesté !

Le cheval de Tam se cabra et détala. La cavalière s'accrocha mais perdit une de ses sandales. La chaussure virevolta et s'enfonça dans l'eau profonde.

L'éléphant du roi s'approcha, mais s'arrêta brusquement sur la berge. Il barrit à en réveiller les ancêtres. Le roi savait la sagesse des animaux. Il ordonna de fouiller ce lac. La garde entière plongea dans l'eau et sortit de la boue la sandale ailée. Le roi s'en empara. Il n'en avait jamais vu de si petite et délicate. Il déclara :

— J'épouserai celle qui passera le pied dans cette sandale brodée.

L'éléphant repartit au pas de course vers le palais.

Quand le roi arriva à la fête, il brandit sa découverte et proclama sa volonté. Plus de danses, plus de chants, on ne pensait qu'à la sandale. Des dizaines de petits pieds s'allongèrent, des centaines de grands pieds se contractèrent. La sandale les rejeta tous.

Cam tenta sa chance. Elle courba sa voûte plantaire, elle replia ses orteils… Quoi qu'elle fasse, son pied en était expulsé. Elle partit en récitant un chapelet d'injures aux prétendantes qui attendaient leur tour. Son regard s'arrêta sur une jeune fille vêtue comme la fille d'une déesse :

— Mère, ô ma mère, il me semble bien reconnaître ma sœur aînée dans cet habit. Vous m'aviez dit qu'elle séparait le son du paddy. Pourtant c'est elle ! Et c'est son tour ! Son pied rentre dans la sandale… Le roi se prosterne devant elle… Pourquoi elle et pas moi ?

Cam s'en arracha bijoux et perles. Sa mère l'entraîna loin des gongs et loin du monde :

— Ma porcelaine, calme-toi ! Cette fille n'est qu'une jarre cassée mal recollée.

Pendant ce temps Tam et le roi s'enchantaient mutuellement. Le parfum d'un mariage sublima la fête royale.

Tam avait quitté la maison. Elle vivait heureuse au palais. Ce bonheur lui rappelait ses jeunes années auprès de son père et sa mère.

Tam souhaita les honorer lors de la fête des défunts. Elle revint dans la maison de son enfance. Elle retrouva Cam au regard toujours mécontent. Assise dans la cour au pied d'un aréquier, la femme puissante aux yeux de braise n'avait rien perdu de son ardeur :

— O mon enfant ! Rien qu'à te voir, mon vieux corps se réchauffe ! Tu tombes bien : pour la fête des morts, j'aimerais déposer de beaux fruits sur le tombeau de ton père. Ces noix d'arec sont magnifiques et dignes de lui, mais elles poussent si haut ! Ma carcasse est endolorie et ta sœur est fatiguée… Toi qui as une vie de reine, tu ne manques de rien, tu auras la force de monter sur cette branche et de cueillir ces trois beaux fruits !

Tam grimpa. A califourchon sur une branche, elle sentit l'arbre trembler. Elle se pencha. La belle-mère attaquait le tronc à coups de hache :

— Ne fais pas attention à moi. Je chasse les fourmis d'ici pour qu'elles ne te piquent pas.

Les coups de hache redoublèrent et bientôt l'arbre se brisa. Tam fut projetée dans les airs et la chute lui fut fatale. La belle-mère se précipita. Les yeux de Tam étaient voilés. Sa poitrine était immobile. Sa bouche ne livrait plus un souffle. La femme puissante aux yeux de braise lui arracha ses habits et en revêtit sa fille.

— Je te l'avais dit, ma porcelaine ! La jarre cassée mal recollée est définitivement brisée ! Te voilà reine.

Elles se présentèrent au roi et lui annoncèrent la nouvelle :

— Tu vois bien quelle est notre peine ! Et nous, nous mesurons la tienne, mais toi et nous sommes en vie et la vie est brève, mon roi. C'est pourquoi notre tradition ne permet pas trop de chagrin. Elle t'offre donc une deuxième femme, la sœur de Tam. Elle s'occupera bien de toi, elle t'aimera et même plus et même mieux que la première !

Le roi était si affligé qu'il ne dit rien. Fidèle à la tradition, il se maria avec la sœur de son épouse. Pourtant son cœur ne battait plus que parce que la vie l'imposait.

L'esprit de Tam chanta :

Kiếp sau xin chớ làm người – Pour ma prochaine existence, je demande à ne pas renaître humaine,

Làm cây thông đứng giữa trời mà reo ! – Mais à me réincarner en pin pour chanter tout haut dans les cieux.

Le bel esprit au sourire doux avait tout vu, tout entendu. Le Bouddha avait connu 557 existences… Si une vie ne suffisait pas pour réunir Tam et son roi, il allait donc lui en offrir une seconde.

— Ne pleure pas, petite Tam, tu vas devenir un oiseau, un loriot jaune, et tu retrouveras ton roi.

Ce qu'il fit. Tam devint un oiseau. Elle s'envola jusqu'au palais et se percha sur une branche dans le jardin. Un jour que le manteau du roi avait été fraîchement lavé et mal étendu sur des haies, le loriot dit à l'oreille de la servante :

— Ceci est le manteau royal. Lorsque Tam était au palais, elle l'étendait sur une perche de bambou. Pas sur des haies qui risqueraient de l'abîmer !

L'oiseau avait la voix de Tam. La servante appela le roi et fit chanter le loriot. Le roi en fut bouleversé :

— Sous ton plumage jaune soleil, serais-tu ma femme perdue ? Tu en as la voix et le charme. Si je dis vrai, glisse-toi là, dans la manche de ma tunique.

Et le loriot s'y faufila.

Le roi et le loriot ne firent plus qu'un. L'homme n'avait d'yeux et d'oreilles que pour lui. Il en oublia Cam et les affaires du royaume. Il fallut pourtant se reprendre. Le roi dut partir en voyage et laisser l'oiseau quelques jours.

Rien n'avait échappé à Cam. Elle grinçait des dents au moindre bruissement d'ailes. Elle profita de cette absence pour se glisser jusqu'à son rival, l'oiseau jaune. Elle le fixa de ses petits yeux mécontents :

— Qui que tu sois, tu ne me priveras plus du roi.

Elle l'attrapa, elle le pluma, elle le mangea. Elle enterra les plumes jaunes dans un coin désert du jardin, là où rien ne pousse jamais.

Le bel esprit au sourire doux avait tout vu, tout entendu. Il offrit une troisième vie à la jeune âme en peine.

— Ne pleure pas, petite Tam, tu étais devenue oiseau. Tes plumes vont devenir arbres, deux beaux pêchers. Et tu retrouveras ton roi.

Les plumes devinrent deux pêchers.

A son retour, le roi chercha son doux loriot. Plus de plumes jaunes, plus de chant. Le sourire du roi s'effaça. Il errait dans son jardin. Il découvrit, là où rien ne pousse jamais, deux jeunes pêchers qui se dressaient vers le ciel bleu. Leur ombre était rafraîchissante. Le chant des feuilles lui rappelait le chant de son oiseau. Il y accrocha son hamac et rêva aux jours heureux.

Cam était furieuse. Son mari lui préférait deux arbres ! Elle en pleura de jalousie dans l'*ao dai* de sa mère. Sur les lèvres de cette femme-là, les coups bas s'épanouissaient comme les orties dans la forêt :

— Réclame un métier à tisser fait du bois de ces deux pêchers.

Aussitôt dit, aussitôt fait. Les deux pêchers furent coupés. Cam en prit le bois. Elle eut son métier à tisser. Lorsqu'elle glissa la navette sur le fil, elle entendit une voix grave. Le métier à tisser parlait :

— Tisse le fil si tu le peux, mais tu ne tisseras jamais d'histoire d'amour avec le roi. Il est le mari de ta sœur, le mari que tu as volé ! Tisse le fil si tu le peux, mais tu ne tisseras jamais cet amour-là.

Cam se réfugia dans l'*ao dai* de sa mère. La femme cueillit dans son champ de perfidie une solution épicée :

— Brûle le métier à tisser.

Cam s'exécuta et lança les cendres au vent un soir de tempête.

Kiếp sau xin chớ làm người
Làm cây thông đứng giữa trời mà reo !

Le bel esprit au sourire doux avait tout vu, tout entendu. Il offrit une quatrième vie à sa protégée. Au pays des mille parfums, il souffla son âme dans un fruit odorant et juteux.

— Ne pleure pas, petite Tam. Réfugie-toi dans la plaquemine. Tu t'épanouiras au soleil et tu retrouveras ton roi.

Les cendres se posèrent au loin sur un chemin et devinrent un beau plaqueminier. Quand vint l'été, il offrit un fruit et un seul, mais ce fruit-là embaumait l'air. Les passants s'arrêtaient pour le respirer, pour l'admirer. Ils l'auraient dévoré s'il n'avait pas poussé si haut !

Une vieille vendeuse de thé et de feuilles de bétel s'installa sous son ombre. Elle chassait toute personne qui s'approchait :

— Chiquez mon bétel, buvez mon thé, aujourd'hui je vous offre tout ! Mais ne touchez pas à ce fruit ! Il est une grâce de l'Empereur de Jade.

Elle redoutait tant qu'une nuit, un voyageur s'empare de la plaquemine, qu'elle lui parla :

— Hé, plaquemine, si tu tombes dans mon panier, je ne te mangerai jamais. Je t'emmènerai avec moi. Tu parfumeras mes vieux jours. Hé, plaquemine, si tu tombes dans mon panier, je t'offrirai chaque matin des friandises et des fleurs fraîches.

La plaquemine dodelina et vint se poser dans les mains de la vieille.

La vieille femme l'emporta dans sa paillote et partit aussitôt au marché. Elle rentra, chargée de fleurs, de friandises, mais s'arrêta net à la porte. Sa paillote était transformée. L'encens fumait. Sur un plateau, du riz et un bol de thé avaient été déposés.

— On reçoit tout ce que l'on offre ! Je sauve un fruit et, en échange, un inconnu prend soin de moi !

Elle mangea et elle but.

Le lendemain elle repartit. Quand elle rentra, la pièce était toute briquée et son plateau était servi. Et le surlendemain aussi. La vieille femme voulut en avoir le cœur net.

Un matin, elle fit mine de partir. Elle claqua la porte, fit quelques pas bruyants, puis contourna discrètement la paillote et épia à travers les stores : une jeune fille d'une beauté incomparable, vêtue d'une robe de pulpe, sortit du cœur de la plaquemine. Elle s'activa au ménage, à la cuisine… La vieille bondit dans la maison, déchira l'écorce du fruit et s'écria :

— Dis-moi qui t'envoie ici ? Serait-ce donc le bel esprit au sourire doux, le Bouddha qui prendrait soin de moi ? Quel est ton nom ?

La jeune fille répondit :

— Je m'appelle Tam. Le bel esprit au sourire doux est celui qui m'a protégée.

Elle lui raconta sa vie, sa sœur Cam Balle de Son et sa belle-mère…

La vieille femme lui sourit :

— J'ai toujours voulu une fille et voilà que tu nais d'un fruit !

Elles s'adoptèrent l'une l'autre.

Tam prenait soin de la maison. Elle accompagnait souvent la vieille pour vendre le thé et le bétel sous le grand arbre. Elle se rappelait son passé, son roi perdu, en roulant les feuilles de bétel en forme d'ailes de phénix. Nul n'osait les mâcher tant elles étaient admirables !

Un jour, le cortège du roi vint à passer par là. L'éléphant s'arrêta sous l'arbre. Il barrit à en réveiller les ancêtres. Le roi le sermonna, en vain. La vieille femme lui servit un thé. Elle lui présenta aussi une feuille de bétel. Le roi but mais ne mâcha rien. Ces feuilles en forme d'ailes de phénix l'envoûtaient. Il s'envolait dans ses souvenirs, revoyait la sandale ailée de son épouse… Enfin il se reprit :

— Est-ce toi qui aimes les phénix au point de façonner tes feuilles à leur image ?

La vieille lui montra ses mains :

— Regarde mes doigts, mon bon roi. Dix branches noueuses d'un arbre à la saison du froid ! Ce n'est pas moi, c'est ma fille, la plus belle fleur qui vive au monde, la seule qui soit née d'un fruit.

Le roi se fit mener à elle et les époux furent réunis. L'éléphant les pressa pour le départ.

Cam et sa mère attendaient devant le palais. Elles blêmirent à l'approche de l'éléphant. Tam était là, vivante, radieuse. Sa joie de vivre, son sourire resplendissaient plus que des sabres victorieux sous le soleil.

Cam et sa chère mère l'accueillirent les bras ouverts… les mains crispées. Les deux sœurs se retrouvèrent. A huis clos dans le patio, Cam coiffa sa reine :

— Sœur, ô ma sœur, que tu es belle ! Comme la vie te va bien ! J'aimerais qu'elle m'aille autant. Il est à croire que la mort te fuit, de peur que ta vie ne la tue. Ta peau est blanche, si veloutée ! Dis-moi, ma sœur, quel est le secret qui t'habite ?

Tam lui répondit simplement :

— De simples douches d'eau bouillante te blanchiront corps et esprit !

Cam s'empressa de faire bouillir de l'eau. Elle la déversa sur elle et s'ébouillanta aussitôt.

Tam la fit jeter dans une jarre et ordonna que l'on hache menu son corps. Elle y versa de la saumure.

— Tu ne dois pas perdre ton goût.

Elle porta ce plat précieux à sa belle-mère :

— Mère, ô ma mère, je vous appelle mère, car c'est vous qui m'avez élevée. Ce que je sais, ce que je fais, je vous le dois ! Ne dit-on pas que tout présent est le miroir de ce que l'on a soi-même offert ? Je vous offre ce plat de reine.

La femme la remercia sans fin :

— C'est un honneur ! C'est donc ainsi que tu me vois, ma chère enfant !

Elle mangea.

La première louche était si bonne ! Elle en prit une deuxième.

— Cette soupe coule dans mon corps et me nourrit comme si c'était mon propre sang !

Tam repartit en entendant le bruit des louches qui se succédaient dans la jarre. Une quatrième, une cinquième, une sixième… A la septième, un loriot perché sur une branche chanta :

Comme si c'était ton propre sang !
Tu te mangerais donc toi-même ?
Toi ou celle du même sang ?

La femme ne l'écoutait pas. Elle épuisait toute la jarre à en racler parois et fond. Des fils s'emmêlèrent dans la louche. Elle en riait :

— Ce sont les fils de la vie !

Elle les tira. Au bout, se balançait la tête de sa fille.
L'oiseau accompagna la danse mortuaire :
Comme si c'était ton propre sang !
Tu te mangerais donc toi-même ?
Toi ou celle du même sang ?
Et la femme s'en étrangla.

Dans le palais, on ne parla pas de victoire. Tam Brisure de Riz regardait le ciel nocturne et ses étoiles. Elles étincelaient côte à côte. Petites ou grandes, dorées ou blanches, elles étaient toutes admirables. Elles se contentaient de briller à leur mesure, dans le grand ensemble du ciel. Si elles sont là, différentes et toutes ensemble, c'est bien qu'elles sont nécessaires. Elle rêva à ce que pourrait être une vie, une vie d'étoile, aux côtés de Cam Balle de Son.

De la mère à la belle-mère

Les récits de notre héroïne naissent de la mort de sa mère. Nous connaissons peu de chose de ce personnage. Elle ne s'esquisse que sous les traits de sa fille, héritière de ses grâces et vertus, et par l'expression de la douleur de son orpheline, pleurant une mère idéale : aimante, attentive, protectrice, dévouée. Elle a sacrifié sa vie pour son enfant, soit immédiatement en la mettant au monde, soit parce qu'elle se sera opposée à son époux au bénéfice de sa fille. Dans nos histoires, même morte, cette mère franchit les mondes, se réincarne, se fond avec la mère nature pour poursuivre son accompagnement, qu'elle soit poisson ou tortue. Sa disparition laisse place à son contraire. A celle qui ne cesse de naître et de renaître sous de multiples formes, de nourrir et d'accompagner, succède une femme qui concentre malveillance, égoïsme et jalousie envers une adolescente qui la surpasse en tous points et qu'elle a l'obligation d'élever. Elle affame, isole, détruit, tue.

Tout se passe comme si la fonction de mère était dédoublée entre la mère protectrice et la cruelle marâtre, pointant ainsi l'ambiguïté de la relation entre mère et fille. Dans ce conte d'apprentissage, le comportement terrifiant de l'une protège et sublime une mère rêvée qui aura ici emprunté à la nature, mère créatrice sans repos.

Assiette Entière et Assiette Cassée

Japon

Dans la région de Musashi vivait une petite fille que ses parents aimaient beaucoup. La vie était comme une fête mais la mère tomba malade. La maladie l'emporta avec la fête. Le temps passa, apaisa la peine et le père se remaria.

Sa nouvelle femme donna naissance à une fille. Cette enfant faisait des colères pour un rien. En grandissant, les colères grandirent aussi. A la moindre contrariété, la petite brisait des assiettes. Sa sœur ramassait les morceaux.

Le père leur donna deux surnoms : Assiette Cassée, Kakezara, Assiette Entière, Benizara.

L'épouse fit claquer son éventail. Sa fille à elle devait être la préférée ! Elle le serait.

Le seigneur de la région organisait une grande fête. Il était jeune et beau mais n'était pas encore marié. Les jeunes filles soupiraient après lui. Les deux sœurs en rêvaient aussi. La mère le voulait pour sa fille.

La veille de la célébration, elle prit deux sacs de toile. A les voir, ils étaient semblables, mais à les regarder de près, l'un des deux était troué. Elle tendit le sac troué à Benizara et donna le bon à Kakezara :

— C'est la période des châtaignes. Revenez avec vos deux sacs bien rebondis. Nous les offrirons au seigneur.

Les filles partirent en forêt. Benizara ramassait tout ce qu'elle pouvait mais le sac restait vide et creux. Elle s'appliquait tant et tant qu'elle ne vit pas la nuit tomber. Elle ne voulait pas rentrer sans ses châtaignes et continua son travail. Les loups hurlaient. Les hululements de la chouette zébraient le silence nocturne. Puis elle eut froid. Elle aperçut une maison, frappa à la porte. Une vieille femme lui ouvrit. Benizara se présenta :

— Je suis perdue. Je ne peux pas rentrer chez moi, je dois d'abord remplir mon sac de châtaignes, c'est un ordre de ma belle-mère. Puis-je passer la nuit ici ?

La vieille femme regarda le sac puis dévisagea la jeune fille :

— Ton regard est doux et gentil et cette gentillesse t'aveugle. On t'a donné un sac troué, tu n'as rien vu. Moi, j'ai deux fils. Je leur ai appris à se méfier de tout le monde. J'avoue que j'ai exagéré, c'est eux qui attaquent les autres ! Oni rouge, Oni bleu. Ces deux-là, ils n'aiment rien, détestent tout, dévorent tout, les hommes, les femmes et les enfants. Tu ne peux pas rester ici, mes deux Oni te mangeraient.

Elle rentra dans sa maison et farfouilla. Elle revint

avec un sac débordant de châtaignes et lui tendit une lanterne :

— C'est pour éclairer ton chemin. Il te suffira de frapper trois fois dessus et la lumière t'aidera.

Benizara la remercia et retourna dans la forêt.

L'obscurité lui faisait peur. Elle frappa sur la lanterne. Le soleil se leva pour elle ! Elle avançait dans la forêt comme en plein jour. Elle marchait d'un bon pas lorsqu'elle entendit deux grosses voix :

Nous n'aimons rien, détestons tout
Nous attaquons même les moucherons
Nous n'aimons rien, détestons tout
Nous l'Oni rouge et l'Oni bleu.

Benizara souffla vite sur sa lanterne et se cacha dans un fourré.

Oni bleu tendit l'oreille :

— Oh, mon frère, as-tu entendu ?

— Non, je n'aime pas écouter. Tu le sais bien, je n'aime rien.

— Oh là là !

Oni bleu remua les narines :

— Oh, mon frère, as-tu reniflé ?

— Non, je n'aime pas renifler. Tu le sais bien, je n'aime rien.

— Oh là là !

Oni bleu lui tira la langue :

— Tu n'aimes rien mais tu adores te bâfrer de chair tendre et fraîche, viens avec moi, plonge ta main là…

Les frères extirpèrent Benizara de son buisson :

— Je prends la tête. Tu prends les pieds.

Elle tapa trois fois sur la lanterne. La lumière aveugla les ogres. Ils lâchèrent leur proie et s'attaquèrent l'un à l'autre.

— Laisse ma tête !

— Lâche mes pieds !

Ils se dévorèrent entre eux.

Au petit jour, Benizara était rentrée. Elle tendit son sac de châtaignes à sa belle-mère. La femme avait un regard de glace.

— Ta sœur est rentrée hier soir. Où as-tu traîné cette nuit ? Tant pis pour toi, tu n'iras pas à la grande fête. Tu arracheras les mauvaises herbes de la cour.

La belle-mère et Kakezara essayèrent kimonos et obis, se dessinèrent les sourcils, accentuant leurs yeux méchants. Elles partirent à la fête, les éventails en folie.

Benizara tapa trois fois sur sa lanterne. Sa lumière incandescente consuma les mauvaises herbes. Tout fut parfaitement nettoyé. Un kimono étincelant enveloppa la jeune fille. Deux *kanzashi* ornés de fleurs décoraient ses cheveux de jais. Elle se rendit à la fête en un souffle d'éventail.

Le seigneur était entouré de demoiselles empressées. Kakezara était en tête. Elle chantait, déployait ses charmes et riait… puis elle s'arrêta tout net. Benizara, habillée comme une princesse, était là. Le seigneur ne voyait plus qu'elle, s'en approchait… Kakezara saisit une pile d'assiettes et les jeta violemment au sol. Sa sœur se précipita, ramassa la vaisselle brisée et lui offrit, pour la calmer, un de ses *kanzashi* fleuris. Elle chanta :

Que ton cœur s'ouvre
Comme ces fleurs
Que le soleil
Eclaire tes jours.

Kakezara jeta aussi le bel ornement aux fleurs. Elle était dans un tel état que sa mère la ramena à la maison. Benizara les suivit.

Le seigneur ramassa l'épingle à cheveux. Il ne voulait plus qu'une seule chose, écouter encore cette voix, retrouver cette enchanteresse. Il ne savait pas son prénom. Il ignorait d'où elle venait. Il visita toutes les familles de la région en demandant à rencontrer les jeunes filles. Il leur montrait le *kanzashi* et toutes le disaient à elles ! Mais les fleurs fanaient aussitôt qu'elles les tenaient dans leurs mains. Il leur demandait de chanter. Les voix étaient ternes et fausses.

La belle-mère s'était préparée à la visite du seigneur. Sa belle-fille fut bâillonnée et enfermée dans la maison. Kakezara avait revêtu le kimono de sa sœur. Le *kanzashi* dans les cheveux, elle jubilait.

Le seigneur arriva enfin. Il regarda Kakezara, crut reconnaître l'enchanteresse de la fête.

Il présenta le *kanzashi*. La jeune fille s'en empara, le déposa dans ses cheveux.

— Voyez donc, la paire est complète !

Mais les fleurs dépérirent d'un coup. Il lui demanda de chanter. Kakezara ouvrit la bouche... aucun son ne put en sortir.

Du fond de la maison, Benizara tapa trois fois sur sa lanterne. La lumière brûla le bâillon et la jeune fille chanta. Le seigneur reconnut la voix de soie. L'enchanteresse l'appelait ! Il exigea que la belle-mère ouvre la porte et il la vit. Elle était là, sans kimono soyeux ni épingle à cheveux, mais elle parfumait la pièce de douceur et de bonté. Il lui tendit la main et elle lui offrit la sienne.

On raconte que la lumière de la lanterne éclaira la route qui les mena jusqu'au grand rendez-vous du mariage.

Les pères et les maris

Les pères sont à nos histoires ce que les nuages sont à la terre. Ils la survolent et s'évanouissent en pluie, laissant sol et averse s'ajuster l'un à l'autre. Leurs actions, rapides mais décisives, provoquent les déluges qui s'abattent sur leurs filles et dont ils ne les protégeront pas : ils contractent un deuxième mariage, mettent en présence fille et belle-mère, puis disparaissent dans le silence ou la mort. Aucun des pères défunts ne franchit les mondes pour interférer dans celui des vivants, à l'image de la mère. Les hommes remariés rivalisent d'indifférence ou, charriés par les vents contraires soufflés par leur seconde épouse, prennent part aux maltraitances. Tous laissent l'enfant du premier lit à la charge de l'épouse qu'ils imposent, selon une structure familiale répondant aux codes sociaux de leur communauté : dans les cultures sinisées, l'alliance familiale est primordiale. Elle participe à la reconnaissance du chef de famille par ses semblables et engage l'honneur des siens. Cette implication sociale est l'apanage des hommes tandis que les femmes régentent le cercle domestique. Happés par le tourbillon de leur vie, les pères s'évanouissent. Ils laissent en écho le gémissement d'un passé dont leurs filles sont une mémoire embarrassante, mais rien n'est plus terriblement vivant qu'un souvenir que l'on voudrait effacer !

Les maris de nos héroïnes, des rois ou des princes, les voient en revanche comme leur félicité. La disparition ou la mort de leur bien-aimée éteint leur discernement et abat leurs ambitions. Ils subissent, comme elle, la cruauté, l'injustice et irriguent leurs terres de désespoir. La sincérité de leur détresse convoque le merveilleux, propre à les éveiller et à affiner leur intuition et leur perception. Ils accomplissent à leur façon un chemin initiatique les invitant à devenir clairvoyants, sagaces, souverains.

Porte-Bol

Japon

Sur la grande île de Kawashi, vivait un couple très heureux. Leurs souhaits se réalisaient dès qu'ils en avaient la pensée. Ils n'avaient plus qu'un dernier vœu pour être parfaitement heureux : donner naissance à un enfant. Ce bonheur tardait à venir. Les amoureux prièrent Kannon, la déesse qui comprend tout. Ils lui composèrent un chant et le chantèrent des nuits entières. La déesse les exauça. Quelques mois plus tard, une petite fille naquit. Ils la nommèrent Hatsusé. La vie fut comme une fête durant treize ans. Treize années à danser, chanter, mais toutes les fêtes ont une fin.

Le jour des treize ans de Hatsusé, la mère sentit son corps lui échapper. Elle serra sa fille contre elle, tendit la main, saisit un bol et l'enfonça sur la tête de son enfant :

Poroporo, ne pleure pas !
La déesse qui t'a fait naître m'a ordonné d'agir ainsi.

Poroporo, ne pleure pas !
Kannon te protège grâce au bol enfoncé sur ta tête.
Elle chanta et son cœur s'arrêta de battre.

Poroporo ! Hatsusé pleura sa mère et ce bol coincé sur sa tête ! Impossible de le retirer. Les voisins tentèrent de l'aider. Ce fut la danse des tournevis et des tenailles. On tournait, le bol se vissait. On tirait, le bol s'enfonçait.

Poroporo, tout le monde désespérait. A force de se lamenter, on finit par s'y habituer.

Pokari Pokari ! Le bol veut rester sur ta tête !
Pokari Pokari ! Nous t'appellerons Porte-Bol !

Plus de Hatsusé. La jeune fille devint Porte-Bol.

Même son père appelait sa fille Porte-Bol. Le jour où il se remaria, il la présenta à sa femme :

— Voici ma fille, Porte-Bol !

La femme avait l'œil frileux, l'oreille craintive :

— C'est le malheur qui est vissé sur cette tête. Je ne veux pas de ça chez moi !

Porte-Bol quitta la maison. Elle ne voulait pas porter malheur à sa famille. Elle n'avait nulle part où aller. Elle déambula au hasard. Un torrent lui barra le chemin. Elle s'assit sur la berge et appela Kannon à l'aide. La déesse resta silencieuse. Hatsusé fixait les reflets de l'eau. Elle espérait y voir sa mère, lui dire qu'elle s'était trompée, le bol ne la protégeait pas, bien au contraire, c'était un vrai porte-malheur ! Les algues ondulaient doucement, elle y reconnut la chevelure de sa mère. Elle plongea et fut aussitôt emportée par le courant.

Elle se prit dans une ligne de pêche. Le pêcheur crut à une grosse prise et tira… Sortit de l'eau la jeune fille vissée au bol.

— Pokari Pokari ! C'est bien ma chance, une prise pareille ! Je vais te conduire au seigneur de la région. Pour sûr, il n'a jamais vu ça et j'aurai une récompense.

Pokari Pokari ! Il la présenta au seigneur. Celui-ci en fut si surpris qu'il donna trois pièces au pêcheur.

Porte-Bol conta son histoire. Le seigneur éclata de rire ! Un bol n'apporte ni le bonheur ni le malheur ! L'homme savait manier les armes mieux que quiconque. Il attaqua le bol tenace avec son sabre. La lame rebondit. Il l'attaqua une deuxième fois. La lame rebondit encore. Une troisième, une quatrième… Le bol n'avait pas une entaille. Il ne s'avoua pas vaincu. Il aiderait cette jeune fille à se libérer du malheur et l'engagea comme servante.

Le seigneur avait une épouse et quatre fils. Les trois premiers étaient mariés. Le quatrième s'appelait Saisô. Il était d'une beauté qui faisait fondre les demoiselles de la région. Pourtant il n'avait pas encore de femme. Il s'enfermait toute la journée dans sa chambre, lisait, écrivait des poèmes. Sa mère était exaspérée :

— Il ne va pas se marier avec ses poèmes ! Je vais lui trouver une épouse.

Chaque mois, elle organisait de somptueuses soirées. Elle conviait les jeunes beautés du pays. Les belles chantaient, leurs doigts glissaient sur les *koto*, les *shamisen*, pour charmer le jeune Saisô… Le jeune homme ne les voyait pas et les laissait se charmer entre elles.

Quand Porte-Bol fut engagée, la mère se trouva une alliée :

— Tu vas m'aider. Ce soir, se concrétisera l'espoir d'un heureux mariage. Observe mon fils, épie-le par-dessous ton bol. Rapporte-moi le plus petit de ses sourires, dis-moi si l'une des femmes lui plaît.

Saisô avait tout entendu. Furieux, il interrompit le conciliabule :

— Je n'ai pas besoin d'une épouse ! Je ne veux pas de cette soirée ennuyeuse.

Il fut surpris par la servante. L'ombre du bol dessinait un croissant de lune sur son visage. Elle était son plus beau poème… Mais les invités arrivaient. Les étoffes des kimonos rivalisèrent de beauté, les chants fleurirent dans le salon…

Saisô ne prêta attention ni à ces femmes élégantes, ni à leurs chants. Il ne voyait qu'une princesse au teint de lune. Son bol était une couronne et ses yeux deux précieux onyx. Il lui sourit.

La mère rappela sa servante :

— Il t'a parlé ? Tu n'apportes pas le malheur mais le bonheur ! Mon fils sourit et c'est bien la première fois. Arrange-toi pour découvrir celle qui lui plaît et dis-le-moi.

Porte-Bol porta une tasse de thé à Saisô. Il était d'une douceur qu'elle n'avait jamais rencontrée. Le jeune homme était transporté par cet astre, sa lumière l'envahissait. Au cœur de la fête et du monde, on n'entendait que leurs cœurs battant au même rythme.

La mère perçut ces battements, assaillit son fils de questions, le pressa de lui révéler le prénom de l'heureuse élue. Saisô désigna Porte-Bol. La mère fut accablée de crampes. Elle déclara à l'assemblée :

— Chers invités, vous le savez, chacun trouve chaussure à son pied et chaque pot a son couvercle. Voilà que mon fils a trouvé... un bol pour sa tête !

Les rires, les moqueries pleuvaient. Hatsusé en pleurait de honte. Elle s'enfuit dans le jardin. Elle appela Kannon à l'aide. Saisô courut après elle, tendit la main et attrapa une mèche de ses cheveux. Il entendit d'abord un cri, puis :

Pokari crac, Pokari cric
Le bol se fendit d'un coup.
Pokari cric, Pokari crac
Le bol tomba sur le sol.

Un kimono de soie moirée enveloppa la jeune fille. Ses cheveux furent coiffés de perles. Un tapis de pierres précieuses se déroula et ramena les jeunes gens à la maison.

Les invités se pressaient pour voir le spectacle : Saisô et la fille Porte-Bol. Les lèvres se pinçaient d'impatience. Soudain les bouches furent aussi rondes que des marmites. OOOOh ! Porte-Bol s'était avancée. Elle avait l'allure d'une reine.

La mère vit cette beauté, s'extasia devant sa tenue et ses parures. Elle déclara :

— Seule la fille d'un très grand royaume peut posséder tant de merveilles. Je comprends tout, tu nous observais sous ton bol pour savoir si nous te méritions. Sois bienvenue dans la famille.

La jeune fille serra ses morceaux de bol. Elle chanta pour Kannon et les oiseaux l'accompagnèrent.

Le seigneur la salua :

— L'amour est bien plus fort qu'un sabre ! C'est lui qui a fendu ton bol.

Il annonça le mariage. La jeune fille retrouva sa joie et son prénom. On oublia vite Porte-Bol et on l'appela Hatsusé.

Hatsusé remercia Kannon. Elle partit jusqu'à son temple et déposa les morceaux du bol au pied de sa statue :

— Il s'est fendu le jour où mon cœur s'est ouvert.

Au fond du temple, un vieil homme chantait. Hatsusé écouta le chant… C'était le sien, celui de son père et sa mère. Elle s'approcha et reconnut son père. Il priait pour la retrouver. Elle le serra dans ses bras.

Les morceaux du bol s'assemblèrent. C'est autour de ce bol sacré que père et fille ainsi que toute la famille partagèrent un repas de fête.

La tortue

Nos contes circulent entre les peuples et les symboles. Dans ces régions fluviales et maritimes, la tortue est particulièrement honorée. « La terre est son plastron, l'atmosphère son corps, et la voûte des cieux sa carapace » : pour les hindouistes, c'est un animal sacré dont la capture est un gage de bonheur. La tortue relie ciel et terre – dont elle détient les connaissances – et promet bonheur, sagesse et longévité. Dans nos histoires, elle évolue entre terre et eau, passeuse d'un monde à l'autre.

Cette messagère aux écailles dorées porte elle aussi l'âme de l'héroïne ou de sa mère. Elle apparaît pour sauver son ou sa protégée en péril, telle la tortue Kurma, deuxième avatar de Vishnou, récupérant les trésors perdus lors du déluge. En mère universelle, elle fait surgir de sa carapace des merveilles de victuailles, revitalisant chair et esprit, réveillant les trésors endormis de l'héroïne. Avec son calme légendaire, elle observe discrètement les événements qui rythment son petit monde et dispense ses sages conseils.

Les circonstances de sa mort illustrent l'un des enjeux de nos histoires : elle est mangée par les femmes jalouses, qui croient ainsi s'emparer des vertus de l'autre, absorber sa force et sa longévité. Mais la chair appartient au monde impermanent. Les écailles et les os impérissables, utilisés par certains peuples pour établir un dialogue entre les vivants et les morts, poursuivront la mission sacrée et accorderont une attention diligente à la continuité de la vie.

Methwé et Grankh'ê

Birmanie

Il y a bien longtemps de cela, en Birmanie, vivaient un pêcheur et sa femme. Ils avaient une fille dont le prénom, Methwé, la Tendre, révélait la bonté. La famille habitait une modeste paillote juchée sur de hauts pilotis, près d'une rivière poissonneuse.

Ce matin-là, comme tous les matins, le couple de pêcheurs naviguait sur le cours d'eau. L'homme avait lancé sa ligne et la femme tendu son filet, mais aucun poisson ne venait. Enfin, la femme fit une prise. Elle brandit fièrement le poisson et déclara :

— Celui-là sera pour Methwé.

Puis elle en attrapa un deuxième, un troisième, un quatrième, et comme la première fois, elle les réserva à sa fille. L'homme lui enviait ce butin charnu ! Il la chahuta sans mesurer sa force. Elle bascula par-dessus bord et se noya. Elle reprit secrètement vie dans le corps d'une immense tortue.

Le père ne put annoncer le terrible drame à sa fille. Il inventait mille prétextes à l'absence de son épouse, une baignade à la rivière, une visite à la grand-mère, puis le temps usa ses mensonges. Il avoua le grand malheur et sa fille fondit en larmes. Il la choya mais la petite demeurait inconsolable. A court d'idées, il lui fabriqua des paniers, petits et grands, ronds et ovales, et les lui offrit :

— Ma Tendre, vends-les au village et garde l'argent pour toi.

Elle partit mais n'en vendit aucun. Toutes les familles en tressaient ! Seule une femme au sourire aigre-doux l'appela. Elle lui demanda son prénom, son âge, se renseigna sur ses parents, l'écouta attentivement, puis lui versa trois brassées de paddy dans une hotte. Elle y glissa de grosses pierres et dit :

— Mon enfant, je prends tes paniers. Voici ton dû, mais il est trop lourd pour toi. Ton père n'aura qu'à venir le chercher.

Methwé rentra.

Quand le soleil se fit moins ardent, le père arriva au village. La femme au sourire aigre-doux le jaugea du coin de l'œil. Il était fort et d'un bel âge. Elle ondula autour de lui et engagea la discussion. Elle leur trouva des points communs, ils avaient une fille du même âge et étaient veufs. L'ombre du soir interrompit la discussion, c'était l'heure de rentrer. Le père empoigna la hotte. Ses bras pourtant rompus aux lourdes charges cédèrent sous son poids. L'aigre-douce gonfla le torse, dévoilant une poitrine plantureuse, et ondula encore une fois autour de lui :

— Il te faudrait une brouette, mais la nuit tombe et les esprits vont se lever. Qui n'a pas de vilains fantômes à redouter ? Tu ferais mieux de rester ce soir au village. Je t'offre l'hospitalité.

L'homme, troublé tant par cette femme généreuse que par les esprits de la nuit, accepta l'invitation.

La femme lui présenta sa fille. Elle portait le nom de Grankh'ê. Elle aurait pu être charmante si elle n'avait pas hérité du sourire piqué de sa mère. Nul ne savait si elle souriait ou grimaçait.

Cependant l'homme fut reçu comme un roi. La fille cuisina pour lui, la mère lui déroula une natte confortable et il s'endormit aussitôt. L'aigre-douce s'installa à ses côtés et dit à sa fille Grankh'ê :

— J'ai trouvé l'homme qu'il nous faut. Il ne sait rien de ma magie, il n'a rien vu, rien remarqué. Avant le lever du soleil, attache ses cheveux aux miens, son pagne au mien, comme je t'ai appris à le faire.

Le lendemain, quand l'homme voulut se lever, sa voisine pendait après lui, accrochée à ses vêtements et à sa tête ! Il se recoucha, elle s'abattit sur lui. Il tenta de dénouer les pagnes et de démêler les cheveux, mais ils étaient entortillés, liés, inséparables, accouplés ! Dans ce corps-à-corps incongru, la femme lui dit calmement :

— C'est sûrement l'œuvre d'un esprit. Mieux vaut ne pas le contrarier ! Il nous ordonne de nous marier.

Et ils le firent.

Les deux familles se réunirent sous le même toit. L'aigre-douce accueillit Methwé avec des paroles de miel et une lame dans la manche. Le lendemain, elle l'envoya garder les chèvres. Le jour d'après, elle lui fit carder des touffes de coton, puis ce fut le riz à piler, le paddy à décortiquer. Au dîner, elle n'avait droit qu'à quelques restes tandis que sa sœur paradait sur la terrasse et se régalait de fruits frais. La Tendre ne dit pas un mot, ne se plaignit pas à son père. Elle ne voulait pas ternir les rares moments qu'elle partageait avec lui. A bout de forces, elle partit cacher sa peine et sa fatigue à la rivière.

Une tortue sortit de l'eau, fit jaillir de sa carapace des plats de poisson et de viande, du riz en sauce, et lui parla :

— Mange, ma Tendre. Tu vois devant toi une tortue, mais je n'en suis pas moins ta mère. Je serai toujours là pour toi. Quand tu auras besoin de moi, il te suffira de m'appeler ainsi : « Tortue, ma mère ! C'est votre fille qui est là. Ma mère tortue ! Votre fille a besoin de vous », et je viendrai. Mange, ma Tendre. Si tu manges bien, tu iras bien.

Methwé mangea comme elle n'avait pas mangé depuis longtemps.

— Tortue, ma mère, vous me sauvez ! Mon père s'est remarié. Je devrais me réjouir pour lui mais son épouse n'est pas bonne et sa fille est tout aussi mauvaise. Il marche sur des crottes de bique, du cardage qui colle en touffes !

Et la tortue lui répondit :

— Reviens autant que tu voudras. Je serai toujours là pour toi. Mange, ma fille, si tu manges bien, tu iras bien.

La Tendre se garda de révéler son doux secret et vint chaque jour à la rivière. Elle retrouva sa gaieté et malgré les mauvais traitements, afficha un teint d'orchidée.

L'aigre-douce et sa fille lui enviaient cette santé et cette joie qu'elles ne connaissaient pas et dont elles voulaient s'emparer. Un matin, elles s'enfermèrent dans la paillote. Quelques instants plus tard, la femme sortit, suivie d'un chien dont la gueule rappelait un rictus familier. Elle lui dit :

— Ma fille, suis Methwé partout et rapporte-moi ce qu'elle voit, ce qu'elle entend, ce qu'elle dit et ce qu'elle fait.

La fille-chien remua la queue et s'élança. Elle pista la Tendre partout, dans les champs, au milieu des chèvres, puis au village. Rien d'anormal à renifler ! Elle la suivit à la rivière et là, enfin, elle frétilla. Elle découvrit la tortue et flaira les fumets des plats. La fille-chien se tortilla, jappa, grogna. Methwé reconnut chez la bête le sourire piqué de Grankh'ê. Elle lui jeta un os et, en passant, lui flanqua un bon coup de pied. Le chien s'enfuit en glapissant :

— Tu n'aurais jamais dû faire ça, je le dirai à ma mère !

La fille-chien regagna la paillote et Grankh'ê reprit forme humaine. Elle rapporta à sa mère ce qu'elle avait vu, entendu et même senti, la tortue, le banquet et l'os, sans oublier le coup de pied !

L'aigre-douce comprit enfin le secret du teint d'orchidée et s'écria :

— Ma fille, nous allons fleurir, nous aussi !

Elle déroula sa paillasse, cacha dessous du charbon de bois et des tessons de poterie. Elle se coucha dessus, un grand *Kri Krwèq* retentit. Elle se tourna, un autre *Kri Krwèq* éclata. Tout était prêt. Il ne manquait que son mari.

Quand il rentra, l'homme fut accueilli par d'effrayants craquements d'os, *Kri Krwèq*, *Kri Krwèq*. Sa femme, allongée, gémissait :

— Mon corps se brise ! *Kri Krwèq*, va voir les Naqs à la rivière. *Kri Krwèq*, nous avons dû les contrarier. Ils t'ordonneront un sacrifice. Ecoute-les et obéis.

Le mari s'était toujours bien gardé de faire appel à ces esprits. Il se méfiait de ce qu'ils exigeaient en échange de leurs services. La plus petite contrariété promettait des malédictions effroyables, mais les *Kri Krwèq* s'intensifiaient, son épouse allait se briser et trépasser ! Il se résolut à partir.

L'aigre-douce se leva d'un bond. Elle serpenta, ondula et se mua en une délicieuse jeune femme. Ses jambes de biche s'envolèrent jusqu'à la rivière. Elle déploya son corps de rêve sur la berge. L'homme, sous le charme, oublia ses doutes et l'écouta béatement :

— Bonhomme, la mort coiffe ton épouse. Seule ta fille peut la sauver. Elle possède une tortue.

Demande-lui de l'attraper, de la tuer et de la cuisiner.

A son retour, l'homme annonça le sacrifice qui sauverait la famille du supposé deuil.

Methwé n'eut d'autre choix que d'obéir à son père. Elle partit à la rivière et appela sa mère tortue :

— Tortue, ma mère ! C'est votre fille qui est là. Ma mère tortue ! Votre fille a besoin de vous. Mon père s'est remarié. Je devrais me réjouir pour lui, mais son épouse n'est pas bonne et sa fille est tout aussi mauvaise. Il marche sur des crottes de bique, du cardage qui colle en touffes ! Vous seule pouvez m'aider. O mère, entrez dans le filet, laissez-vous prendre dans ma nasse.

La mère tortue entra, docile, dans la nasse et dit à sa fille :

— O Methwé, ma Tendre, ma poitrine qui t'a nourrie va maintenant te sauver.

La tortue était gigantesque et offrit un plat abondant. L'aigre-douce se redressa dès qu'elle en sentit les effluves. Elle nettoya sa paillasse et les *Kri Krwèq* disparurent. Elle feignit de remercier les esprits par une prière affectée puis elle dit :

— Pour une fois, Methwé mangera avec nous !

La petite arrosa la viande de larmes sans en manger une bouchée. Elle sépara discrètement la chair des os, mais l'aigre-douce la surprit :

— C'est une viande de santé ! C'est un outrage de la gâcher. Puisque tu ne veux pas en manger, va la proposer à nos voisins, il est bon que tous en profitent et voient comme je prends soin d'eux.

Methwé obéit. Elle présenta le plat de viande aux voisins et leur dit :

— Prenez et mangez cette chair, mais s'il vous plaît, déposez les os sur une poutre. Je viendrai les récupérer, je ne vous dérangerai pas.

Elle semblait si malheureuse qu'ils le firent.

La nuit venue, Methwé récupéra les os et les enterra devant la paillote. Elle s'agenouilla sur la tombe de fortune et fit un vœu :

— Si j'aime ma mère autant que je le dis, qu'un arbre pousse sur ce tombeau. Si l'arbre pousse, que nul ne puisse le soulever, même avec l'aide d'un éléphant, ou sa défense s'y brisera, même avec l'aide d'un cheval, ou son sabot s'y brisera. Mais si je veux le déterrer, mon ongle seul suffira.

Le lendemain matin, un arbre splendide coiffait la paillote. Ses branches souveraines caressaient les nuages. Ses feuilles ciselées en cœur révélaient sa nature divine : c'était un vénérable ficus des pagodes. Il parfuma la maisonnée de sérénité. La jeune orchidée refleurit auprès de son arbre sacré. Grankh'ê s'installa auprès d'elle et s'apaisa aussi. Les sœurs partagèrent enfin de doux moments.

Le jeune roi des deux villages était intrigué par cette cime imposante qu'il distinguait de son palais. Il se rendit auprès de l'arbre et vit les deux sœurs côte à côte. Il s'approcha et demanda :

— Cet arbre est-il né de vos mains ?

La mère surgit, jeta une étole soyeuse sur les épaules de Grankh'ê et répondit :

— C'est ma fille qui l'a planté.

Methwé se tourna silencieuse vers son ficus, le souleva du bout de l'ongle et répondit :

— O roi, ce ficus est le mien.

Le jeune roi la célébra comme on ne le fait qu'aux déesses :

— Votre place est donc au palais. Vous la méritez plus que moi !

La jeune fille le suivit, portant son arbre du bout de l'ongle.

De ce jour, le soleil brilla sur Methwé. Elle épousa le jeune roi, donna naissance à un garçon et enterra son passé douloureux. Or, un beau matin, Grankh'ê le lui rappela. Elle fit irruption au palais et exigea un entretien avec la reine :

— Ton père est mourant et voudrait te revoir une dernière fois !

La mémoire, mère de sagesse, fit office de conseillère. La reine demanda simplement :

— Mange-t-il suffisamment de riz ?

Il mangeait encore sa part, un kilo comme tous les hommes. La reine resta au palais. La paix fut de courte durée. Deux jours plus tard, Grankh'ê revint, le visage grave :

— Ton père avale difficilement une petite livre de riz !

C'était largement suffisant. Le jour d'après, Grankh'ê se présenta encore :

— Une poignée de riz par jour, c'est le début de la fin !

Tant qu'il mangeait, c'est qu'il vivait. Mais le lendemain de ce jour, les nouvelles devinrent alarmantes :

— Ton père ne mange plus du tout !

La reine ordonna au cornac de la conduire à la maison familiale.

Grankh'ê était seule devant la paillote. Elle accueillit sa sœur avec effusion :

— Rien qu'à l'idée de te revoir, ton père a retrouvé santé et appétit. Il est parti avec ma mère à la rivière nous pêcher de bons gros poissons. En attendant, épouillons-nous.

Les doigts de la reine sillonnèrent la chevelure de sa sœur et l'alliance royale accrocha une mèche de cheveux. Methwé, confuse, ôta l'anneau et le posa sur le plancher. Grankh'ê s'arrangea pour le faire glisser entre les lattes et s'écria :

— Il roule entre les pilotis ! J'aimerais te le rapporter, mais j'ai peur de ton éléphant. Il est si près de la paillote !

Methwé descendit sans méfiance, se faufila entre les poutres, chercha l'anneau à quatre pattes… elle reçut une bassine d'eau bouillante sur le dos qui la tua sur le coup. Son dernier souffle s'immisça dans le corps gracieux d'une aigrette. L'oiseau s'envola en criant :

— Frère cornac, reconnais-moi ! Va dire au roi que je suis devenue aigrette !

Grankh'ê avait déjà revêtu la tenue royale de sa sœur, adopté son allure et contraint le cornac à la conduire jusqu'au palais. Elle y entra d'un pas de reine. Le roi parut et elle se jeta dans ses bras. L'étreinte fut de courte durée. Le roi s'étonna que sa femme ait une poitrine si gonflée. Elle lui dit :

— Je me la suis frappée de chagrin ! Mon père est dans un tel état !

Le roi la regarda de près et s'inquiéta de ses gros yeux. Elle les frotta :

— J'ai tant pleuré !

Il remarqua son nez pointu. Elle le gratta :

— Je me suis tellement mouchée !

Le cornac s'approcha du roi :

— Cette femme n'est pas votre reine, votre reine n'est pas cette femme ! O mon roi, ce n'est pas la bonne ! Oh non, oh non ! Notre reine, c'est cette aigrette !

Le roi se tourna vers l'oiseau :

— Plumes soyeuses, si vous êtes bien ma chère femme, venez vous poser sur ma main.

Elle le fit.

De ce jour, le roi n'eut d'attentions que pour l'aigrette. Les jours défilèrent, plus légers qu'un battement d'ailes. Il dédaigna l'usurpatrice et la laissa errer dans le palais. Grankh'ê fulminait dans une amère solitude. Elle guettait le roi, épiait l'aigrette, à l'affût du moindre prétexte qui lui permettrait de la tuer. Et ce jour vint.

Alors que le jeune prince courait dans les jardins du palais, il tomba et se blessa. Sa mère-oiseau vola à son secours, ouvrit le bec, déroula sa langue de soie et le lécha. Grankh'ê sut en tirer parti. Elle prit à témoin ses servantes :

— La sale bête cave les yeux du prince !

Elle tua l'aigrette d'un jet de pierre, puis, triomphante, elle la ramassa, la pluma, la fit griller et la servit pour le dîner. Le roi, horrifié, quitta la table et lança la tête de l'oiseau dans la rivière. Sous ses yeux elle se changea en un magnifique poisson d'argent.

De ce jour, le roi élut domicile sur la berge et passa ses journées à rêver auprès du poisson, mais les affaires du royaume le réclamaient. Grankh'ê profita de son absence pour éliminer ce rival qui la privait, une fois de plus, de la vie qu'elle convoitait. Elle le prit dans ses filets, le cuisina et le servit au déjeuner. Les yeux blancs du poisson grillé fixaient les baguettes du roi. Les couverts soulevèrent délicatement la tête précieuse et la lancèrent dans les jardins.

Le lendemain, un pied de courge serpenta jusqu'au palais, s'éleva le long du porche et le coiffa d'un fruit. La courge se balançait au gré du vent, au-dessus de la porte. Quand le roi passait en dessous, le fruit s'inclinait et caressait ses cheveux. Mais quand Grankh'ê arrivait, la courge tombait lourdement sur sa tête. Irritée, elle l'arracha, la prépara et la servit pour le goûter. Le roi refusa d'en manger. Il versa sa part au mortier.

De la pulpe naquit un cognassier qui porta à son tour un fruit, un coing unique, doré et délicieusement parfumé. Son arôme chatouilla le nez d'un couple de paysans venus piler leur riz. Les gourmands le cueillirent, le déposèrent dans leur paillote et repartirent travailler.

Dans le calme du logis, le coing s'ouvrit et libéra une splendide jeune femme. Elle embrassa la pièce du regard, puis avec une grâce infinie nettoya et rangea, fit cuire le riz, l'agrémenta, mangea quelques bouchées et disposa harmonieusement deux bols remplis sur un plateau. Une chatte se frotta à ses jambes. La jeune femme lui dit :

— Sœur chatte, bras et jambes propres, le riz a été préparé. Quand grand-père et grand-mère rentreront, dis-leur. Qu'ils mangent !

Et elle rentra dans son écrin de pulpe.

Le soir venu, les vieux rentrèrent pour le dîner. La chatte sauta de son panier, les accueillit en leur disant :

— Bienvenue, bras et jambes sales. On m'a dit de vous dire que votre repas est servi.

Les vieux étaient stupéfaits. Leur paillote resplendissait et un repas fumait sur un plateau. Ils ne savaient qui remercier ! Ils interrogèrent leurs voisins mais aucun ne put leur répondre. Ils remirent au lendemain la résolution du mystère, mangèrent de bon appétit et se couchèrent.

Le lendemain, le vieux resta à la maison à guetter les passants. Il espérait repérer un noble étranger qui aurait pu accomplir un acte de charité. La chaleur de la matinée était pesante. Le vieux suait, il avait soif. Il avala un bol de bière, le bol en appela un autre, il vida toute la jarre et s'endormit complètement ivre.

Quand les ronflements du buveur s'accordèrent à ceux du chat, la jeune fille sortit du coing. Son pas ailé ne réveilla pas les dormeurs. Elle s'occupa de la vaisselle, fit cuire le riz, mangea sa part, prépara celle des vieux et murmura à l'oreille de la chatte :

— Sœur chatte, bras et jambes propres, le riz a été cuit. Quand grand-père se réveillera et que grand-mère rentrera, dis-leur. Qu'ils mangent !

Quand la vieille rentra, la chatte le lui répéta. La vieille secoua son mari :

— Ce riz, qui te l'a apporté ?

Le vieux cuvait encore un peu et n'avait d'yeux que pour le repas.

La vieille prit les choses en main. Le lendemain, elle resta à la maison et se cacha dans une corbeille. A travers le rotin, elle vit le fruit se fendre et libérer une jeune fille. Ses cheveux, la bonté qui éclairait son visage, son allure étaient ceux de la reine. La vieille se tortilla tant que la corbeille s'affaissa. La jeune fille s'affola et courut rejoindre son fruit, mais la vieille l'en empêcha :

— O reine, n'ayez pas peur ! Que faisiez-vous dans ce fruit ? Et qui règne donc au palais ?

Methwé raconta son histoire, la cruauté de l'aigre-douce et la jalousie de sa sœur, sa mère tortue et le ficus, l'anneau perdu, l'aigrette blanche, le poisson d'argent et la courge et enfin le coing parfumé.

La vieille en fut bouleversée.

— C'est donc ça, ce rictus qui défigure votre sourire, cette arrogance qui surprend tous les habitants du royaume ! La méchanceté serre le cœur autant que la mâchoire ! Venez avec moi au palais et chassons cette scélérate. Celle qui prétend être vous-même, qui a volé votre prénom, votre mari et votre enfant mérite le plus grand châtiment.

L'eau ne reste pas sur les montagnes, ni la vengeance dans un grand cœur. Methwé refusa de la suivre.

— Laissons le temps œuvrer pour nous. Le roi saura me reconnaître, tôt ou tard.

Elle demeura chez les vieux.

Methwé s'installait souvent sur le seuil de la paillote et tissait pour ses vieux parents. Un jour qu'elle démêlait un écheveau, un palet de jeu de quilles tourneboula jusqu'à ses pieds. Le fils du roi courait derrière. Elle le contempla tendrement :

— Fils comme de l'or, tu ne me ressembles pas beaucoup ! O mon or tant aimé, donne ton palet à ta mère. Si tu me le donnes, tu gagneras dix parties. Si tu refuses, tu perdras dix fois !

Le jeune prince fit la moue, prit son palet, repartit

et perdit dix parties de suite. Il retourna auprès de l'inconnue et lui tendit timidement son jouet. Elle lui caressa la joue, lui rendit son palet, le garçon gagna dix parties. Il s'en vanta au roi son père et raconta toute l'histoire.

Le roi se rendit sur les lieux tout aussitôt et découvrit celle qui le hantait jour et nuit. Il contempla longuement la jeune femme au teint d'orchidée et lui dit :

— Sœur aînée, sœur cadette, divine, s'il te plaît, raconte-moi les épisodes de ton histoire.

Et elle répondit :

— Frère aîné, frère cadet, divin, je ne connais rien aux histoires. Je ne connais que les chagrins et les séparations cruelles. Je vais vous réciter les miens.

Lorsqu'elle eut fini son récit, le roi la pria de lui pardonner ce qu'il n'avait su empêcher et de revenir au palais prendre sa place.

La Tendre traversa le village au bras du roi. Malgré sa robe de fortune, les habitants reconnurent leur reine. La nouvelle se répandit comme une traînée de poudre. Ce fut une liesse insensée. Les villageois suivirent le couple jusqu'au palais.

Sous le grand proche, Methwé fit face à celle qui lui avait volé son nom et qui l'avait tuée trois fois. L'aigreur qu'elle tenait de sa mère avait envahi tout son être. Grankh'ê cria :

— Je suis la reine ! Cette femme est une usurpatrice qui ne mérite que la mort !

La foule en colère voulut s'emparer d'elle. Elle s'échappa et se réfugia chez sa mère. Une tempête se déchaîna sur le royaume de deux villages et emporta dans sa fureur la paillote et les deux femmes implorant en vain les Naqs de les sauver. Le père geignait et répétait :

— Il ne fallait pas jouer avec les esprits ! Il ne fallait pas jouer avec les esprits !

Les sœurs ou le double inversé

Une demi-sœur ou sœur adoptive suffit à notre héroïne. A l'image de leurs mères respectives, l'une rassemble autant de qualités que l'autre compte de défauts. L'imperfection de l'une illumine la perfection de l'autre. Miroirs inversés, on peut envisager dès le début de l'histoire qu'elles obtiendront le juste retour de leur comportement. Observons, au fil de leurs parcours, que ces deux figures contraires ne restent pas étriquées dans la place qui leur est attribuée. Si notre héroïne est présentée comme une victime et sa sœur comme un bourreau, la victime est active et le bourreau subit. L'orpheline est isolée mais elle bénéficie d'aides et de conseils – surnaturels, à la hauteur de ses qualités. Elle est encouragée, conseillée et portée vers ce qui lui permettra d'agir et de se réaliser. Dans un mouvement contraire, sa sœur est entourée mais les conseils et la transmission qu'elle reçoit font d'elle le bras armé de sa mère. Elle est privée d'espoirs, de rêves, de réalisation, épouse la volonté maternelle et finalement, subit ce qu'elle inflige à sa sœur, en miroir inversé.

Néang Kantoc

Cambodge, peuple khmer

Un veuf et une veuve s'étaient mariés. Ils habitaient avec leurs filles respectives au cœur d'un riche royaume de deux villages. La fille du veuf, Néang Kantoc, et la fille de la veuve, Néang Chong-Angkaat, furent élevées comme des sœurs. Elles étaient nées la même année, à la même lune montante et peut-être le même jour, mais on avait oublié la date exacte. C'est ce qui fit le drame de cette famille : les filles se disputèrent le convoité droit d'aînesse qui donnerait à l'aînée l'avantage de marcher devant sa cadette. Elles se faisaient des croche-pieds, des crocs-en-jambe, des tire-pattes, sans répit.

Le père ne supportait plus ces bagarres incessantes. Il résolut d'y mettre un terme en leur imposant une épreuve :

— Celle qui rapportera le plus de poissons sera l'aînée.

Les filles coururent à la rivière. Quand vint la nuit et avec elle l'heure de rentrer, Néang Kantoc avait pêché une bonne dizaine de poissons tandis que sa sœur n'avait rien pris. Elle marcha donc devant, comme il convient à une aînée, la corbeille dressée sur sa tête. Néang Chong-Angkaat lambinait. Sa corbeille vide ballottait piteusement à son bras. Tout à coup elle pressa le pas, rattrapa sa sœur et lui dit :

— Ta corbeille est si lourde qu'elle te tord le cou. Puisque je suis plus jeune que toi, laisse-moi la porter et prends la mienne.

L'aînée fut touchée par la bonté de sa cadette. Elle lui confia son trophée en échange de la corbeille vide.

Néang Chong-Angkaat minauda, gambada autour de sa sœur, puis marcha de plus en plus vite. Elle se mit soudain à courir à toutes jambes. Elle arriva la première devant le père et s'empressa de lui présenter la corbeille :

— Voilà, mon père, ce qui fait de moi votre aînée. Ma cadette a honte. Elle traîne car elle n'a rien pris. Je vous en prie, ne la grondez pas trop fort.

Quelques instants plus tard, Néang Kantok arriva et demanda à récupérer sa corbeille. Elle fut traitée de menteuse et d'intrigante. Elle protesta, la dispute dura des heures. Le père fit taire la querelle :

— Le poisson appartient à celle qui l'a porté. C'est celle-là qui est l'aînée et qui marchera devant l'autre.

Néang Kantoc partit cacher ses lourdes larmes dans la brousse. Un ruisseau coulait de chaque œil. Elle hoquetait :

— Cet œil-là coule parce que ma sœur ne mérite pas d'être l'aînée. Et cet œil-ci parce que mon père me croit menteuse !

Elle traînait son écharpe dans la poussière quand elle croisa l'Arahan de la forêt. Son vieux visage était sculpté des chemins de la connaissance. Son regard empli de bonté consola la jeune affligée. Elle lui conta son malheur et la trahison de sa sœur. Elle redoubla de sanglots en lui rapportant l'injustice de son père. L'Arahan sut l'apaiser, puis lui déposa dans la main un petit poisson frétillant :

— Va le porter dans la mare où tu puises l'eau, derrière la maison de ton père. Nourris-le avec du riz blanc. Il veillera sur toi, mais ne parle de lui à personne.

Néang Kantoc le remercia et fit ce qu'elle devait faire. Chaque jour, elle allait à la mare et le poisson prit l'habitude de venir manger dans sa main comme un poulet apprivoisé. Le temps passa et le poisson mangea si bien qu'il devint d'une taille prodigieuse. A ses côtés, la tristesse de Néang Kantoc se dissipait et ses joues se gonflaient de joie. Nul ne savait d'où lui venait sa bonne humeur inaltérable.

Néang Chong-Angkaat n'avait pas la conscience tranquille. Depuis qu'elle avait trompé son monde, elle craignait que le monde ne la trompe aussi. Le teint frais de sa sœur ne présageait rien de bon. Elle épia tous ses faits et gestes. Elle la vit voler du riz dans la marmite familiale. Elle la suivit à la mare, se dissimula derrière une touffe de broussailles et découvrit le gros poisson. Elle rapporta ses découvertes à ses parents.

La famille n'était pas riche et les poignées de riz, comptées. Le père eut honte de sa fille. A la fin du repas suivant, il cacha la marmite de riz.

Néang Kantoc s'aperçut de la manigance. Au dîner, elle se servit généreusement et fit comme les petits lapins. Elle conserva dans ses joues autant de riz qu'elle le put, puis elle partit à la mare, rejeta le riz dans sa main et le donna à son ami. Elle recommença ainsi le lendemain et le jour qui suivit aussi.

Sa sœur, qui la haïssait comme on hait toujours les gens qu'on a offensés, ne tarda pas à comprendre le stratagème. Elle le rapporta à sa mère. La réplique fut sans pitié. A la fin du repas suivant, Néang Kantoc dut ouvrir la bouche toute grande.

Elle ne s'avoua pas vaincue et rusa une troisième fois. Elle camoufla les grains de riz dans ses cheveux. Sa sœur, toujours à l'affût, la dénonça à leurs parents. Néang Kantoc fut enfermée dans la maison.

Les jours passèrent. Néang Kantoc ne sortait plus, ou bien escortée par sa sœur. Elle s'inquiétait pour son poisson. Elle en perdit l'appétit et le sommeil. Son beau visage s'obscurcit, elle maigrit. La mère s'inquiéta à son tour de la voir dépérir ainsi sans en connaître la raison. Elle laissa la porte ouverte et l'espionna. Elle la vit voler le riz, courir à la mare et nourrir… un énorme poisson charnu ! Elle n'en avait jamais vu d'aussi dodu. Cachée derrière un arbrisseau, elle saliva à la vue de cette chair tendre. Elle s'en régala d'avance. Elle repartit sans faire de bruit et raconta en détail ce qu'elle avait vu à son mari. Elle lui mit l'eau à la bouche en lui décrivant le poisson engraissé par le riz familial! Ce poisson était le leur, il fallait aller le pêcher.

Le père regretta le chagrin qu'il causerait à son enfant, mais le mari ne refusait jamais rien à sa chère femme. Il fit de l'ami de sa fille des tranches de poisson séché.

Le soir venu, Néang Kantoc retourna voir son poisson. La mare était vide, sans vie… Seules ses larmes troublèrent la monotonie de l'eau. Elle partit cacher sa peine dans la brousse. L'Arahan entendit ses sanglots de loin et vint à sa rencontre :

— Ne pleure pas, petite! Ton poisson est tombé sous le couteau de ton père guidé par la langue aiguisée de sa femme. Les arêtes de ton ami ont été jetées sur la rive du fleuve, là où les femmes du village se baignent. Ramasse-les et cache-les sous ton lit. Attends deux jours. Au troisième jour, deux objets apparaîtront. Enroules-en un dans ton sampot et laisse le deuxième à sa place.

Néang Kantoc suivit ses conseils à la lettre.

Au troisième jour, comme l'Arahan l'avait dit, la natte se bomba. Une somptueuse paire de chaussures la souleva. Elles s'attachaient sur le dessus avec de fins cordons de soie. Même les femmes les plus riches n'en possédaient pas de plus belles. La jeune fille les enfila. Elle s'amusa à imiter les grandes dames de la cour.

Enfin elle les retira, en cacha une dans le tissu de son sampot et laissa l'autre sous son lit.

Néang Chong-Angkaat n'avait pas perdu sa manie de fureter partout, d'espionner, de tout inspecter. Elle découvrit le soulier :

– Elle ramasse n'importe quoi, un soulier seul ne sert à rien !

Elle le jeta par la fenêtre.

Un corbeau confondit la pointe luisante du soulier avec une tête de poisson. Il le saisit entre ses pattes et s'envola avec sa proie. Il donna quelques coups de bec mais fut déçu de ce repas qui n'avait ni goût ni parfum. Il le lâcha en pleine brousse. Un de ses frères s'en empara, croyant faire une bonne affaire, mais fut tout aussi dépité. Il laissa tomber le soulier devant le porche du palais du roi.

Le roi régnait depuis longtemps sur son royaume de deux villages. Il était aimé, respecté, mais à son âge, il n'aspirait plus qu'à laisser trône et couronne à son fils unique. Il désirait prendre le titre d'Obbajouréach, que prennent les rois qui abdiquent le pouvoir suprême. Son fils n'était pas prêt à lui succéder et lui répétait :

— O Maître des Existences, Grand Roi, Père Sacré qui connais tout, plus que tous les autres hommes ensemble, toujours victorieux, descendant des dieux anciens, je suis votre fils, c'est-à-dire rien, quelque chose enfin comme un de vos cheveux ! Pardonnez-moi si je refuse le trône et la couronne que vous m'offrez.

Pardonnez-moi, je les recevrai de vos mains sacrées quand j'aurai trouvé une femme belle entre toutes, que j'aimerai et qui sera digne par sa grâce d'être la femme d'un roi.

Et depuis longtemps déjà, il cherchait la perle rare.

Un jour en sortant du palais, le prince trouva le soulier. Il s'étonna de cette présence insolite mais fut séduit par son raffinement et sa surprenante petite taille. Il ne pouvait appartenir à une enfant puisqu'elles marchent pieds nus tant qu'elles ne sont pas nubiles. Il s'agissait probablement de la chaussure d'une femme exceptionnelle. Il dit alors au roi son père :

— Le pied capable de rentrer dans un soulier aussi élégamment petit sera celui de mon épouse.

Le roi désirait plus que tout marier son fils. Il donna l'ordre à ses mandarins de répandre la nouvelle dans les deux villages du royaume et au-delà. Toutes les filles à petits pieds, les riches, les pauvres, se précipitèrent au palais.

Néang Chong-Angkaat, en tant qu'aînée de la famille, s'y rendit la première. Son pied avait toutes ses chances, il était petit et étroit, mais s'avéra trop grand et trop large pour se glisser dans le soulier. Elle fit une dernière tentative. Cependant qu'elle contractait ses doigts de pieds, elle reconnut la chaussure qu'elle avait volée et jetée. Sans aucun doute, Néang Kantoc serait la bienheureuse élue. Elle sentit croître la haine qu'elle entretenait puissamment envers sa sœur. Elle supplia ses parents d'interdire à sa cadette d'aller au palais. Elle inventa tant de prétextes mensongers qu'on enferma Néang Kantoc.

Néang Kantoc savait que le soulier tant convoité était le sien. La description des filles du village correspondait en tout point à celui qui avait disparu. Elle supplia son père, en vain. L'homme n'écoutait que sa femme et lui obéissait en tout. La jeune fille profita d'une lune noire pour s'échapper. Elle avait pourtant négligé la perfidie de son aînée. Rien ne lui échappait jamais. Néang Chong-Angkaat, que sa jalousie tenait éveillée jour et nuit, aperçut l'ombre de sa sœur se faufiler. Elle réveilla leurs parents. Le père courut à la poursuite de sa fille et la ramena sous son bras, comme un gibier.

Néang Kantoc le supplia, s'appliqua aux travaux des champs et au ménage, le suivit et le poursuivit où qu'il se rende en l'implorant, mais elle n'obtenait que des corvées supplémentaires. Enfin, harassé par ses pleurs interminables, son père l'emmena dans la cour, remplit un grand vase de riz cru et le versa dans l'herbe haute :

— Si tu retrouves tous les grains et que tu remplis cette jarre, tu pourras aller au palais.

La jeune fille s'épuisa pendant deux jours à chercher, fouiller, ramasser. Elle retrouva tous les grains. Elle était tellement fatiguée qu'elle s'endormit.

Son père vit la jarre remplie. Il sourit à sa belle dormeuse. Il allait tenir sa promesse quand il redouta la colère de sa femme. Il plongea la main dans la jarre, déroba une poignée de riz et la cacha dans un panier.

Néang Kantoc se réveilla. Elle remarqua immédiatement que son riz avait diminué. Elle chercha tout autour d'elle, découvrit la poignée volée et la reprit. Elle réussit à obtenir la permission qu'elle attendait.

Néang Kantoc arriva enfin au palais et fut conduite au soulier. Merveille des merveilles, elle le chaussa. Elle demanda audience au prince. Le petit soulier lui ouvrit les grandes portes du palais. La jeune fille conquit le prince en quelques gestes : elle déroula son sampot, sortit le deuxième chef-d'œuvre et le passa à son pied. La paire de chaussures assemblée métamorphosa le palais. On l'orna pour le mariage et le couronnement du prince.

Dès la fin des célébrations, le jeune couple reçut une terrible nouvelle. Les parents de la noble reine étaient mourants. Ils souhaitaient revoir leur enfant avant de quitter ce bas monde. Le roi encouragea sa femme à se rendre à leur chevet. Il fit apprêter sur-le-champ un cortège d'éléphants et une suite de mandarins.

Néang Kantoc était tremblante d'émotion en revenant dans la maison de sa jeunesse. Elle le fut davantage encore en découvrant ses deux parents en pleine santé. Son père l'accueillit en riant :

— Les paroles ne sont que des feuilles qui se tournent et se retournent avec le vent sur le chemin ! Quelqu'un t'aura mal renseignée. Mais c'est un grand bonheur pour nous d'accueillir la reine de notre cœur. Il fait si chaud et tu as voyagé longtemps, allons au bain !

La reine ôta ses effets royaux et serra autour de ses reins le vieux sampot de son enfance. Elle suivit son père au bain. Deux grandes marmites l'attendaient. L'une était remplie d'eau tiède, l'autre fumait. Néang Kantoc n'avait d'yeux et d'oreilles que pour son père. Elle profitait des retrouvailles chaleureuses et ne voyait pas la vapeur qui s'échappait du bassin. Le père prit la marmite d'eau tiède et la renversa sur lui. Il attrapa la marmite d'eau bouillante et, sans frémir, la versa sur son enfant. Elle s'effondra sur le sol. Il dit à Néang Chong-Angkaat :

— Revêts les effets de ta sœur, monte sur l'éléphant royal et va au palais. Il fait nuit, le roi n'y verra que du feu. Quand le jour se lèvera, il ne te reprochera rien car les humeurs des rois s'accordent à la beauté des femmes !

Néang Chong-Angkaat profita de l'obscurité pour rejoindre le palais. Le roi fut surpris de la voir enveloppée d'un grand sampot poussiéreux. Il la scruta et s'arrêta sur ses pieds. Qu'ils étaient longs ! Il ne dit rien mais demanda que la reine se retire dans sa chambre tandis qu'il regagnait la sienne.

De ce jour, le roi cessa de paraître dans les appartements de son épouse. Sa gaieté de jeune marié s'envola. Il était sombre, taciturne et quittait souvent le palais pour d'interminables voyages.

Dans la maison familiale, le père s'épongeait le front. Il avait cédé à sa femme. Il avait tué sa propre fille, l'avait découpée en morceaux et enterrée dans le jardin. Il était allé se coucher, épuisé par sa cruauté.

Quand enfin il se réveilla, l'esprit lavé par le sommeil, il constata qu'un bananier avait poussé là où sa fille reposait. C'était un arbre magnifique, beaucoup plus beau, beaucoup plus grand que ceux qu'il cultivait. Cette merveille lui fit horreur. Il abattit le bananier à coups de hache redoublés et le traîna loin de chez lui. Il coupa le tronc en morceaux et l'enterra loin dans la brousse. Il déposait la dernière pelletée de terre lorsqu'un bambou à la canne aussi grosse qu'un corps humain jaillit du sol. L'homme, terrifié, se sauva.

De son côté, le jeune roi avait déserté le palais. Il errait à travers la brousse, accompagné de quelques gardes et de son éléphant royal. Parmi cet océan de troncs et de branches entrelacés, il découvrit la verdoyante canne de bambou. Il s'arrêta, la mesura, la caressa. Il se plaisait à ses côtés. Il s'allongea à son pied et imposa à sa suite de passer la nuit en ce lieu. Il s'endormit paisiblement. Les herbes hautes lui furent plus douces qu'un drap de soie, les grésillements des moustiques lui semblaient être des berceuses.

Il fut tiré de son sommeil par un coup violent sur le ventre. Il se redressa promptement et ne vit que ses quelques gardes endormis aux creux des racines des grands arbres. Tout était calme. Il se recoucha. Il sentit un deuxième coup. Il se leva, soupçonna l'éléphant royal, mais il dormait de tout son poids. Le roi retrouva le sommeil. Il fut frappé une troisième fois. Cette fois, il demeura allongé, mais garda les paupières ouvertes. Le clair de lune jouait avec les ombres folles des feuillages. Une forme singulière se détacha du grand bambou. Cette forme avait une tête, deux bras dont l'un tenait une canne, et avançait grâce à deux jambes. La canne se leva sur le roi qui bondit, la saisit et immobilisa l'esprit frappeur. Cette ombre avait un corps voluptueux dont il reconnut le parfum, puis le visage. Il ne desserra pas son étreinte, bien au contraire ! Ainsi blottie contre lui, sa tendre épouse lui conta ses malheurs, sa crainte qu'il ne l'aime plus et qu'il lui préfère sa sœur. C'était pour ça qu'elle l'avait frappé ! Au cœur de la brousse ancestrale, ils pleurèrent le temps perdu et fêtèrent les jours à venir.

Au point du jour, le cortège se mit en route pour le palais. Sur le chemin, ils aperçurent un éléphant et un cortège d'officiers qui vagabondaient au hasard.

Néang Chong-Angkaat cherchait son roi. Depuis des jours et des nuits, elle sillonnait la forêt. Elle reconnut aussitôt la monture de son époux. Elle agita les bras, cria, mais plus l'éléphant avançait, mieux elle distinguait les silhouettes. Elle reconnut d'un coup d'œil le petit pied de sa cadette qui dépassait du palanquin. Elle s'enfuit, comme si ce pied l'avait frappée, pour ne plus jamais revenir.

L'eau

« Et dans les eaux nourrissantes de la mer, la vie flotte comme un rêve » (La Mer, *Michelet).*

Dans ces rivières de contes des pays « de montagnes et d'eau », nous naviguons parmi les peuples de pêcheurs, nécessairement liés à une eau commune au ciel et à la terre. Elle est espérée autant que crainte, nourrissante et destructrice, essentielle à la vie. Elle adopte toute forme, température, couleur, conduit, agit et poursuit sa course. Nous la verrons aussi silencieuse que la mort, profonde et froide comme le tombeau de l'héroïne ou de sa mère. Ses flots se gonfleront des larmes du deuil, mais en un reflux, son courant conducteur mènera les personnages d'un état à l'autre, d'un monde à l'autre, entre le séculier et le terrestre. La matrice de la vie, qui a le pouvoir de régénérer, accompagnera les métamorphoses. Enfin, sous l'effet des feux de la passion, elle ébouillantera, contribuant au châtiment final, pour reprendre, indemne, son cours.

La sandale d'or

Cambodge, peuple cham

Une vieille femme vivait heureuse avec sa fille Hulek et sa fille adoptive Kjong. Toutes deux étaient nées le même jour du même mois de l'année du Cheval de feu. Elles n'étaient pas du même sang et pourtant elles se ressemblaient à s'y méprendre. Nul n'aurait pu dire qui des deux était l'aînée ou la cadette, mais à l'âge de l'adolescence, comme le voulait la tradition, il fallut trancher. Cette décision d'importance offrirait la place respectée et très enviée d'aînée de la famille à l'une d'elles.

La mère observa ses filles pendant des jours et des jours. Elles s'entendaient à merveille. Les qualités de l'une faisaient écho à celles de l'autre. Cependant la douceur de Kjong l'emporta sur l'impétuosité de Hulek. Le jour de leur anniversaire, la mère dit :

— Kjong est l'aînée. Elle appellera Hulek « ma petite » qui lui répondra par « ma sœur ».

Ces simples mots eurent l'effet du plus terrible des poisons. Le visage de Hulek se tordit. La jalousie serra son cœur, étouffa ses souvenirs d'enfance et son affection pour sa sœur. Elle s'effondra sur une chaise et n'eut de souffle que pour dire :

— Vous êtes ma mère. Je suis sortie de votre ventre et à ce titre, je suis obligée de me soumettre à votre ordre. J'appellerai cette fille « ma sœur », mais n'espérez certainement pas que je me considère comme inférieure à cette petite adoptée ! J'en mourrais de honte !

La mère eut si peur pour sa fille qu'elle trouva tout aussitôt l'antidote qu'il lui fallait :

— Ah, mon enfant ! Je me fais vieille ! J'ai confondu vos deux prénoms. Kjong est bien sûr ta petite et t'appellera « ma sœur » !

Le remède agit sur-le-champ. Hulek retrouva les joues roses et célébra ce jour de fête.

Kjong avait conservé sa sérénité légendaire. Dans le courant de la journée, elle fit fleurir sur ses lèvres des « ma sœur » respectueux, mais le lendemain au village, devant les voisins, les marchands, elle ne cessa de lui lancer de tonitruants « ma petite ».

L'affront cuisant raviva la colère de Hulek. Elle pleura et trépigna, exigea des excuses publiques, mais cette fois, Kjong refusa et s'emmura dans un silence obstiné. La mère mit fin à la querelle en leur tendant deux corbeilles :

— Celle qui pêchera le plus grand nombre de poissons sera l'aînée.

Les deux sœurs coururent à la mare.

L'eau glacée tempéra leur course. Hulek remonta fébrilement sa robe, trempa un bout d'orteil dans l'eau et frissonna. Elle n'attrapa du bout des doigts que quatre poissons maigrichons.

De son côté, Kjong avait sauté dans la mare en avait déjà dix gros. Elle en attrapait un onzième quand sa sœur l'enveloppa d'une écharpe :

— Tu grelottes ! Tu vas sûrement gagner, mais si tu meurs de froid, c'est moi qui deviendrai l'aînée et ça ne sera pas du jeu ! Réchauffe-toi quelques instants.

Kjong déposa sa corbeille sur la berge et s'allongea sous les chauds rayons du soleil. Sa sœur repartait déjà en lui criant :

— J'ai pêché quatorze poissons, c'est bien assez ! Fais attention, les corbeaux rôdent aux alentours, ils vont te voler les tiens !

Quand Kjong revint à la mare, sa corbeille était vide. La duperie était flagrante. L'oiseau rapace n'avait pas d'ailes ni de bec, mais deux mains voleuses et une bouche perfide, qu'elle ne pourrait pas confondre sans dispute ou autre coup bas. Elle redouta les moqueries si elle revenait bredouille. Elle retourna dans l'eau froide et attrapa trois gros *tjulek*. Un minuscule *tjerok* se faufila entre ses doigts. Il était si petit qu'on ne pourrait pas le manger ! Elle le cacha dans le puits de la maison et lui parla :

— Je viendrai te voir tous les jours et je te donnerai du riz. Tu seras mon petit à moi et je t'appellerai ainsi :

Hé toi Tjerok ! Mon cher petit !
Viens partager mon déjeuner

Rire et pleurer de ton aînée.

Puis elle présenta sa pêche et, sans surprise, sa mère la nomma « petite ».

Le temps passa. Kjong appelait Hulek « ma sœur », mais cette sœur tant aimée était un lointain souvenir. Elle l'accablait de corvées ; vaisselle, cuisine, travaux des champs, chèvres à traire et maigres restes pour tout repas. La mère craignait son aînée. Elle s'attirait ses faveurs en l'encourageant à traiter la petite comme une servante. Kjong ne trouvait de réconfort qu'auprès de son petit poisson. Chaque visite au puits était un élixir de joie. Elle en repartait si radieuse que rien ne pouvait la flétrir, ni le ménage, ni les plats qu'elle cuisinait sans en manger, ni la vaisselle, ni les chèvres fugueuses.

Hulek lui enviait sa joie de vivre. Malgré sa position d'aînée, elle ne pouvait pas la lui voler ! Elle l'épia mais le ménage de la maison n'avait rien d'amusant, puis elle éprouva du dégoût à voir Kjong laver la vaisselle, et enfin elle s'épuisa à la suivre comme les chèvres. Mais quelle ne fut pas sa surprise quand Kjong chanta devant le puits :

Hé toi Tjerok ! Mon cher petit !
Viens partager mon déjeuner
Rire et pleurer de ton aînée.

L'enchantement de la cadette à l'apparition du poisson éclaircit le mystère.

— Il a fini de l'enchanter, c'est moi qui vais me régaler. Je suis l'aînée.

Dès que sa sœur repartit, Hulek jeta des grains dans l'eau et s'efforça de fredonner :

Hé toi Tjerok ! Mon cher petit !
Viens partager mon déjeuner
Rire et pleurer de ton aînée.

Le poisson se laissa piéger. Hulek le captura, l'emporta et le tua. Elle le coupa en trois morceaux, le fit bouillir dans la saumure et le mangea.

Le lendemain, comme chaque jour, Kjong chanta devant le puits :

Hé toi Tjerok ! Mon cher petit !
Viens partager mon déjeuner
Rire et pleurer de ton aînée.

Elle l'appela cinq fois, six fois, en vain. Son beau visage se fana, elle perdit son goût de la vie. Elle pleura toute la nuit et ne s'endormit qu'au matin. Elle eut un sommeil tourmenté mais son *tjerok* vint l'apaiser :

— Sèche tes larmes. C'est ton aînée qui m'a trompé. Elle a cuisiné et mangé ma chair tendre, mais il reste un tiers de mon corps : mes os et ma petite tête ! Elle les a enfouis dans un nœud de bambou vert qu'elle a caché près du puits. Oh, mon aînée, retrouve-les, place-les dans une noix de coco et enterre-les sur le chemin, au carrefour que tu empruntes chaque jour pour mener les chèvres au champ. En allant et venant, ma sœur, tu viendras me rendre visite !

Comme son rêve l'avait dit, Kjong retrouva les pauvres restes de son ami. Elle fit ce qu'elle devait faire. Chaque fois qu'elle passait près du tombeau, elle disposait des grains de riz, chantait pour son petit cadet, racontait ses joies et ses peines. Ce fut ainsi cent jours durant. Le cent unième jour, la noix de coco sortit du sol et fit éclore deux sandales d'or. Kjong admira cette apparition, s'étonna de leur petite taille et pour finir, en chaussa une. C'était une chaussure de reine ! Elle allait passer la deuxième quand un corbeau la lui vola. L'oiseau survola la forêt et dans un piqué contrôlé, déposa la sandale d'or devant la porte du palais royal.

Quand le roi sortit du palais, il s'étonna de voir ce soulier abandonné sur le seuil, le ramassa et s'émerveilla de sa beauté. Il appartenait sûrement à une jeune fille qui n'était pas encore mariée tant il était petit, mais d'un goût de femme accomplie ! Il fit envoyer ce message dans tous les villages du royaume :

« La demoiselle à qui la sandale ira parfaitement, sans être ni trop large, ni trop étroite, ni trop pointue, ni trop ronde, deviendra, si elle le souhaite, mon épouse. »

La nouvelle fit grand tapage. Les jeunes filles de ce royaume-ci et de ce royaume-là se mirent en route. Des milliers de petits pieds se pressèrent sur les chemins et se dénudèrent devant le soulier orphelin. Hulek s'y rendit, elle aussi. Kjong rêvait de l'accompagner, mais sa mère le lui interdit :

— Ton pied est gros. Tu vas te rendre ridicule devant tout le monde !

Kjong pleura et supplia. La mère, de guerre lasse, l'emmena au pré et versa pêle-mêle dans les hautes herbes trois corbeilles remplies d'arachides, de grains de riz et de sésame.

— Ramasse, trie, garde-toi de les mélanger. Je viendrai mesurer les tas et je saurai si tu mérites d'aller essayer la sandale.

Kjong ramassa tout ce qu'elle put mais les herbes cachaient les grains. Elle les arrosa de larmes. Sa détresse émut la divine Pô Dévata. Sa main de lotus mit au travail tous les oiseaux du ciel, des gobe-mouches aux vautours. En un instant, un tas de riz, un tas de sésame et un tas d'arachides parfaitement triés s'élevèrent. La mère, dépitée, empoigna un écheveau et embrouilla les fils de soie :

— J'ai encore besoin de toi. Débrouille-moi ça !

Une fois encore, Pô Dévata vint en aide à la jeune fille. Sa main de lotus déposa une fourmi enchantée dans le labyrinthe de fils. La travailleuse aux pattes habiles trottina à travers les nœuds, les démêla et en une heure, l'enchevêtrement laissa place à un rouleau lisse et soyeux. La mère manqua d'inspiration et dut laisser partir sa fille.

Kjong s'arrêta sur le tombeau de son petit :

Hé toi Tjerok ! Mon cher petit !
Merci ! Merci !

Elle enveloppa la sandale qui lui restait dans son foulard et partit au palais du roi.

Kjong patienta, comme les autres, comme sa sœur, qu'elle vit repartir morfondue, le pied vermoulu. Et ce fut enfin son tour.

Comme il l'avait fait pour les autres, le roi lui demanda son pied. Il lui fit enfiler la sandale, elle lui allait parfaitement, ni trop large, ni trop étroite, ni trop pointue, ni trop ronde. Alors Kjong chaussa la deuxième. Le roi n'en croyait pas ses yeux : les sandales faisaient la paire ! Il s'étonna qu'une jeune fille si modeste, une paysanne mal fagotée, possède de tels trésors. Il demanda qui les lui avait fabriquées. Kjong répondit :

— C'est un poisson !

Elle lui raconta l'histoire de son *tjerok*, la mare, le puits, les arêtes, la noix de coco et la floraison merveilleuse, mais préféra laisser enfouie la cruauté de son aînée et de sa mère. Elle remercia humblement Pô Dévata d'avoir protégé son destin.

Le roi en conclut que le Ciel lui désignait la jeune femme pour épouse. Il organisa le mariage sur-le-champ. Ce fut une noce joyeuse, et les jours qui suivirent aussi.

Quelque temps plus tard, la mère se rendit au palais et demanda audience au roi :

— Aujourd'hui, ô roi, je pars dans une nouvelle maison. Permettez-moi de célébrer ce jour de fête avec ma fille !

Le roi ne pouvait refuser. Il consentit à se séparer de sa femme un jour et une nuit, le cœur meurtri, car il l'aimait d'un amour fou. La reine quitta son époux et suivit sa mère adoptive.

Elles marchèrent dans un silence tendu. A la maison, l'aînée n'accorda aucune attention à sa cadette, ne lui dressa pas de couvert, ne lui déplia pas de natte. Elle la fit dormir sur le sol raboteux et sale.

Dès que le soleil se leva, la mère secoua la reine :

— Ici, tu n'es pas au palais ! Il est l'heure d'aller au champ cueillir les noix de coco.

Kjong partit au point du jour, talonnée par sa sœur aînée. Celle-ci était équipée d'une hache bien aiguisée. Kjong grimpa sur un cocotier, secoua les branches pour en faire tomber les noix, mais le cocotier s'affaissa. Elle se pencha… Hulek s'acharnait sur le tronc. Kjong bondit sur l'arbre voisin, qui fut abattu en un coup. Elle sauta sur un troisième, mais il connut le même sort. Kjong se sauvait de cocotier en cocotier, Hulek coupait arbre après arbre. Il ne restait plus qu'un seul cocotier debout, près d'un étang. La reine s'y réfugia mais la hache le trancha aussi et Kjong fut projetée dans l'eau. Elle se noya puis reprit aussitôt vie dans le corps d'une tortue d'or.

Hulek rentra à la maison et raconta tout à sa mère. La femme l'entraîna au palais :

— Puisqu'elle est morte, la vie va continuer sans elle ! Il convient que tu la remplaces, c'est la coutume.

Elles furent reçues en audience. La mère embrassa les genoux du roi :

— O roi, la vie est sans pitié. Kjong s'est enfuie en pleine nuit. La divine Pô Dévata sait à quel point nous l'avons cherchée dans les champs, dans la forêt… Nous faire ça, à vous, à moi ! Ne vous fâchez pas, ô mon roi, je ne suis pas une mauvaise mère, je vous offre mon autre fille, comme le veut la tradition. Celle-ci, je vous la garantis. Je la connais bien, je l'ai faite ! Prenez-la pour épouse, le temps que je retrouve l'ingrate !

Hulek succéda à sa sœur, mais le roi, noyé de chagrin, ne la regardait pas, ne l'écoutait pas. Il remâchait ses souvenirs. Il croyait voir sa tendre épouse dans les couloirs, dans les jardins. Il se résolut à sortir de ce palais habité par trop de mémoire. Il demanda à ses soldats, ses officiers, son ministre de la Justice et son ministre du Transport de prendre tamtams, tambours, chiens, filets, arbalètes et flèches, et de l'accompagner à la chasse. Un hasard heureux les mena à l'étang de la tortue d'or. Sans le savoir, le roi s'installa à l'endroit précis où son épouse avait péri. La tristesse le submergea. Il dit à sa cour :

— Puisque cette eau appelle mes larmes, voyons ce que vous y pêcherez.

Les filets ne remontèrent qu'une tortue, mais quelle tortue ! Sa carapace dorée protégeait deux petits yeux noirs qui semblaient pleurer, eux aussi. Elle poussait de petits soupirs. Le roi vit en elle une âme partageant son chagrin. Il la ramena au palais et lui fit construire un bassin à la couleur de ses écailles.

Une demi-lune passa. Chaque soir et chaque matin, le roi se rendait au bassin et se libérait de sa peine.

Hulek le surprit. Elle qui n'avait jamais obtenu que des regards indifférents, malgré des efforts incessants, se prit de haine pour l'animal. Elle attendit un jour de chasse, s'empara de la tortue d'or et s'en fit un bon plat de reine. Elle jeta la carapace derrière le palais.

A son retour, le roi appela sa tortue. L'eau du bassin resta désespérément calme. Il la chercha toute la nuit, convoqua soldats, officiers et ministres. Au comble du désespoir, il interrogea son devin. Hulek redoutait l'oracle. Elle se présenta au roi, lui prit la main et la posa sur son ventre :

— J'ai mangé la tortue dorée, ô roi, parce que je suis enceinte ! Et vous savez comme les femmes qui attendent un enfant ont d'irrépressibles envies !

Le roi en resta interdit. Il n'avait jamais désiré une autre femme que la sienne et n'avait jamais partagé de doux moments avec cette usurpatrice. Cet enfant n'était pas le sien ! Hulek, humiliée, avoua que son ventre avait gonflé mais qu'elle avait dû se tromper.

Le lendemain, un chant d'oiseau irrésistible réveilla le palais. Sa voix bouleversa les hommes, les femmes, les jeunes et les vieux. Même le roi en eut le cœur transpercé. Il l'appela :

— Si, comme je le crois, le souffle de Kjong a habité la tortue d'or et qu'il t'habite maintenant, pose-toi sur ma main.

Et l'oiseau vint.

Le roi lui fit forger une volière tout en or. Durant deux lunes entières, il délaissa son entourage et s'envola sur les notes divines de l'oiseau. Enfin les affaires du royaume le réclamèrent et il dut partir quelques jours. Hulek mit son absence à profit. Elle s'empara de l'oiseau, le pluma et le cuisina en ragoût.

Quand le roi revint au palais, il découvrit la volière vide. Il convoqua celle qui se prétendait reine. Elle lui répondit tout net :

— Je me faisais chauffer une sauce quand un oiseau s'est abattu dans ma marmite. Il m'a lui-même offert sa chair, je l'ai cuisiné et mangé. S'il est celui que vous cherchez, sachez qu'il était aussi bon qu'il chantait bien !

Le roi en perdit la parole.

Cette fois, Hulek avait enterré les plumes hors du palais. Elles avaient donné naissance à de tendres pousses de bambou. Quelques jours plus tard, le roi emprunta un chemin où aucun buisson ne résistait au soleil. Il s'étonna d'y voir pousser les jeunes tiges verdoyantes. Il en prit un soin jaloux.

Hulek, à qui rien n'échappait jamais, repéra ces allers et retours. Elle le suivit et découvrit les jeunes pousses. Elle les coupa, les assaisonna à son goût et les mangea. Elle fit enterrer les écorces à trois jours de marche du palais.

Le lendemain, le roi trouva la terre retournée et quelques feuilles mortes sur le sol. Il jeta ces pauvres fanes effritées aux pieds de Hulek. Elle les écrasa et lui dit :

— Ces pousses sauvages étaient condamnées à mourir sous le soleil ! Avant qu'elles ne sèchent et ne se gâchent, je les ai coupées et mangées. Elles étaient aussi tendres que belles !

Les écorces enfouies au loin avaient donné vie à un arbre parfumé, un splendide figuier de Chine. Les passants admiraient son feuillage remarquable mais s'étonnaient qu'il ne porte pas de fruits. Une vieille marchande d'huile s'était installée à son ombre. Un jour qu'elle levait les yeux, elle distingua sur la cime une figue potelée et dorée à point. La vieille était bien trop petite pour la cueillir. Elle abandonnait tout espoir de la manger lorsque le fruit se détacha et atterrit dans son panier. Elle s'apprêta à le peler mais s'arrêta. Cette figue était une œuvre d'art de la nature ! Elle la rapporta chez elle, la déposa dans une jarre et repartit vendre son huile.

Quand la vieille rentra chez elle, son repas était préparé et disposé sur un plateau. Sa modeste maison rutilait et sa cour était balayée. La marchande remercia la bonne âme qui l'avait gâtée et mangea de bon appétit. Le lendemain, elle partit comme les autres jours vendre son huile. A son retour, elle trouva encore une fois la table mise, sa petite maison reluisante et sa cour plaisante à voir. Tout était si délicatement arrangé qu'elle se demanda si c'était le fait d'un humain ou d'une aimable divinité.

Le jour suivant, la vieille fit semblant de partir. Elle contourna la maison, se cacha derrière un buisson et épia son propre logis. Elle n'eut pas longtemps à attendre. Une jeune fille sortit du fruit d'or. Elle s'affaira dans la pièce puis dans la cour… Ce délicieux spectacle rendit sa jeunesse à la vieille. Elle bondit, se faufila comme une voleuse dans sa maison, cacha les pelures dorées et se posta devant l'heureuse apparition. La gracieuse effrayée prit peur, chercha sa demeure de pulpe, puis s'écria :

— Ces pelures sont mon seul bien !

La vieille femme lui rendit son écrin mais lui demanda son prénom et pourquoi elle se cachait là.

Kjong lui raconta son histoire, celle de son petit cadet, des dents acérées de sa sœur, de la sandale, de la course dans les cocotiers. Elle poursuivit par les récits de la tortue, de l'oiseau mangé en ragoût, des jeunes pousses de bambou et de la vie que la figue lui redonnait. La vieille tâta la jeune femme :

— Que mangeais-tu sous tes pelures ? La chair de ta figue ne t'a pas beaucoup engraissée !

Kjong éclata d'un rire qu'elle n'avait pas connu depuis longtemps. Si elle avait perdu l'appétit, elle retrouvait le goût de la vie.

— Vieille mère, tu me sauves. Et si tu veux m'aider encore, invite le roi avec sa cour. Dis-lui que tu donnes un festin en son honneur. Mais surtout, ne lui parle pas de moi.

La vieille eut le souffle coupé ! Sa maison était misérable, elle n'avait qu'une jarre de riz dans ses réserves ! Kjong apaisa ses craintes :

— Vieille mère, ta maison sera un palais peuplé de mets dignes du roi.

La vieille accepta la mission.

Elle fut reçue en audience par le roi :

— O roi, j'ai préparé pour toi un grand festin. Je te demande la permission de t'inviter à venir te distraire chez moi ! Invite aussi tous tes ministres, tes officiers et tes soldats.

Le roi crut à une plaisanterie de vieille folle et répondit :

— Je viendrai si tu me déroules un tapis protégé d'un dais de mon palais à ta maison.

A son retour, la vieille eut peine à reconnaître sa demeure. Elle était ornée de piliers dorés, de meubles élégants et de tentures colorées. Des gâteaux, des sucreries et tout ce que l'on pouvait trouver de meilleur dans le monde émoustillaient ses papilles. Elle se reprit et rapporta la volonté du roi. Un tapis recouvrit le sol et un dais s'étendit au loin.

La vieille repartit au palais, entra dans la salle des audiences et dit au roi :

— Le tapis et le dais sont prêts. J'ose te prier, ô roi, de les suivre jusque chez moi.

Le roi attendit pour sortir que le soleil soit moins ardent. Il monta dans son palanquin et s'achemina vers la maison de la vieille. Le tapis s'arrêta devant un champ fleuri. La vieille l'invita à descendre et l'escorta jusqu'à un pavillon de bois finement sculpté. Elle lui servit les gâteaux, les sucreries et en proposa à sa cour émerveillée.

Kjong se tenait à l'intérieur de la maison. Elle observait les réactions de son époux. Quand il mangeait une bouchée, elle mâchait pour lui. Quand il buvait une gorgée, elle déglutissait pour lui. Enfin, elle donna à la vieille des cigarettes finement roulées :

— Vieille mère, si le roi te demande qui les a préparées, dis-lui que tes voisines t'ont aidée.

La vieille le fit.

A la vue de ces cigarettes, la tristesse envahit le roi. Elles étaient semblables à celles que sa tendre épouse lui roulait. Il pressa de questions la vieille qui lui désigna comme convenu les voisines, alors il dit :

— Celle qui roulera devant moi une cigarette aussi fine que celle-ci, ni plus grande ni plus petite, ni plus large ni plus étroite, deviendra, si elle le souhaite, mon épouse.

La nuit passa au rythme des doigts agiles et précis, mais aucune cigarette ne convainquit le roi.

Kjong poussa alors un soupir chargé de toutes ses misères et de sa peine. Le vent l'emporta jusqu'aux oreilles du roi. Il crut entendre le souffle de sa tortue d'or. Il chercha tout autour de lui et aperçut, dans la maison, une silhouette familière. Il s'approcha. Sa tendre épouse lui sourit :

— Nous sommes comme une boîte à chaux et son couvercle, qui se séparent un instant mais se rejoignent toujours !

Et le roi la prit par la main, frôla ses cheveux et son corps, puis la mena au palanquin. Tous deux rentrèrent au palais.

La vieille fut comblée de cadeaux. Elle reçut plus d'or, d'argent, de buffles et d'éléphants qu'un ministre.

Dans l'alcôve du roi, Kjong conta ses nombreuses vies, les trahisons de son aînée et de sa mère, la course dans les cocotiers, la tortue d'or cuisinée, le bel oiseau ébouillanté, les jeunes pousses assaisonnées. Le roi lui conta à son tour les jérémiades et les mensonges des deux femmes.

Hulek, à qui décidément rien n'échappait jamais, avait l'oreille collée au mur. Le lendemain, elle vint trouver sa petite sœur :

— Te voilà donc vivante et fraîche dans la chambre même du roi ! Je vais donc te rendre ta place. Je ne t'ai succédé ici qu'en respect de la tradition qui régit aînés et cadets. Mais tu as combattu la mort et ces voyages entre les deux mondes t'ont réussi ! Tu as le teint si doux qu'un nouveau-né te l'envierait !

Kjong lui sourit :

— Si tu veux me ressembler, il te faut faire ce que j'ai fait : renaître à toi-même chaque jour. Je vais t'en livrer le secret : installe une marmite en fer assez grande pour t'y baigner. Fais-y bouillir l'eau de la mare et saute vivement dedans.

Hulek vendit aussitôt ce qu'elle possédait de bijoux et acheta une immense marmite chez le fondeur. Elle la remplit d'eau bouillante et s'y jeta. Son corps fondit.

Kjong convoqua ses serviteurs :

— Versez cette fondue précieuse dans la saumure et apportez-la à ma mère. Dites-lui que la reine Hulek tient à la nourrir elle-même.

Ce qu'ils firent.

Ce jour-là, à l'heure du dîner, la mère se frotta les mains :

— Ah, ma chère fille ! Seuls les enfants de sang savent nourrir leurs vieux parents !

Et la mère se régala.

— On ne se goinfre pas d'un plat aussi délicieux ! Un peu chaque jour ! S'il pouvait ne jamais finir !

Et chaque soir, elle mangeait, toute gourmande, une part de son plat de reine. Vint le soir où elle dut racler le fond de la marmite. Elle découvrit, collés au fond, deux pieds, deux mains et une tête. Elle reconnut sa propre fille.

— Ai-je donc perdu moi aussi la tête pour avoir mangé mon enfant sans le sentir ?

D'abord, elle se lamenta, puis la colère remplit son cœur et la poussa jusqu'au palais. Elle réclama sa fille au roi qui lui désigna Kjong, radieuse, à ses côtés. La femme cria au fantôme et se sauva. On oublia jusqu'à son nom.

Le soulier

Née d'arêtes de poisson ou émanant des restes d'une vache, cadeau des oiseaux du ciel, d'une fée rouge, une paire de souliers s'offre à notre héroïne. Ces chaussures merveilleuses semblent confectionnées à la hauteur des mérites et vertus de la jeune fille, estimée par ses surnaturels ou divins donateurs, et « épousent » ses pieds. Ils ne chausseront nulle autre qu'elle ; un présent advenu, annonçant l'heure de quitter le foyer et de fouler le sol d'un pas de jeune femme en âge de prendre sa place au sein de sa communauté. Mais l'un des souliers est perdu, l'espace d'un saut de ruisseau, d'une flaque d'eau ou d'un son inattendu. Lors de ce passage, l'héroïne se retrouve déséquilibrée. Un pied traîne dans la poussière de son passé et l'autre, encore chaussé, encourage l'élan ébauché entre les deux mondes, entre deux âges. La perte de ce soulier devient un gage de bonheur pour celui qui le trouve. Un homme établi, auquel il manque pourtant ce qui lui permet de s'affirmer souverain : une épouse. Son aspiration à la plénitude prend la forme de cette chaussure, botte ses habitudes en interrompant le cours de ses activités, et le conduit dans une quête effrénée, tandis que l'héroïne franchit les épreuves qui la préparent à cette nouvelle étape de son existence. L'un et l'autre détiennent une part de cette union espérée, à l'image des symboles dont deux morceaux d'une poterie brisée doivent être réunis par les contractants lors de la clôture d'un contrat.

Kongji et Patji

Corée

Dans la province de Chuncheon, vivait une veuve. Elle élevait seule sa fille Patji et celle de son défunt mari, Kongji. Les deux filles étaient aussi différentes qu'un chant d'oiseau l'est du tonnerre. Patji était sombre et austère. Kongji irradiait de bonté et de beauté. Ses remarquables qualités s'épanouirent avec le temps. A l'âge heureux du mariage, les prétendants se bousculaient à ses côtés, tandis que Patji l'orageuse les faisait fuir.

Sa mère rétablit l'équilibre à sa façon. Elle imposa à sa trop radieuse belle-fille toutes les corvées de la maison. Kongji dut égrener, laver, frotter, lustrer et ne mangeait que quelques grains de riz par jour. Patji la regardait peiner sous la pluie ou sous le soleil en faisant rouler son ombrelle entre ses doigts.

Les villageois remarquèrent les injustices de la marâtre, mais redoutant sa langue perfide et sa main leste, ils se contentèrent de jaser discrètement. La maîtresse de maison profita de l'annuel temps du sarclage pour calmer les langues bavardes. Elle envoya les deux jeunes filles au travail, mais auparavant, elle choisit soigneusement le champ et les outils de chacune. Patji eut une houe en fer et sarcla une terre bien meuble. Kongji fut envoyée sur la montagne, munie d'une vieille houe en bois.

Kongji gravit les flancs rocheux et arriva à un champ hérissé de pierres. Sa houe en bois se brisa dès le premier coup. Elle pria le Ciel charitable de l'aider. Un nuage dévida sa pelote blanche jusqu'à terre. Une vache noire en descendit :

— Rien ne vaut une telle peine. Va au ruisseau, lave-toi les pieds, les mains et le visage, puis reviens.

La petite s'exécuta avec empressement. Quand elle revint, la vache noire et le nuage avaient laissé place à un ciel d'azur qui éclairait une solide houe en fer et d'appétissants fruits juteux. La jeune fille s'extasia devant ces dons inestimables. Elle mangea de bon appétit, reprit des forces et sarcla sans difficulté. Le soleil attendit qu'elle eût terminé son travail pour se coucher.

Elle rentra à la nuit tombée, les bras chargés des fruits exquis qu'elle avait précieusement gardés. Elle se faisait une joie de les offrir à sa famille, mais la porte de la maison était fermée et verrouillée. Elle frappa et entendit :

— Il fallait travailler plus vite ! Dors dans la grange !

Kongji raconta sa journée de dur labeur et l'apparition merveilleuse, puis déposa ses délices sous la fenêtre. Son récit lui porta bonheur, la porte se déverrouilla. La joie fut de courte durée. Une main s'empara des fruits, une autre l'agrippa par le col :

— Menteuse ! Ces fruits ne sont pas de saison et seuls les riches les achètent pour leurs défunts. Voleuse d'autels ! Tu n'en mangeras pas une miette.

Et la belle-mère la frappa tandis que sa fille festoyait.

Les brimades se poursuivirent le lendemain. La marâtre chassa Kongji, ne l'autorisant à rentrer qu'à la condition de remplir d'eau un pot troué. La petite s'assit sur le seuil de la maison et pour la première fois, son courage l'abandonna. Elle pleura.

Un crapaud calma ses sanglots. Il sauta d'un bond dans le pot, se gîta au fond et boucha le trou béant. Il coassa :

— Si un tigre t'attaque, seul le calme te fera survivre ! Sèche tes larmes, apaise-toi et remplis le pot. J'y resterai tant qu'il faudra.

Et grâce à lui, la jeune fille put rentrer. La marâtre était dépitée.

Dès lors elle devint intraitable et s'ingénia à infliger à sa belle-fille des besognes impossibles. Kongji devait coudre et découdre les mêmes tissus, semer, planter et déterrer. Les jours passaient au rythme des humiliations.

Quelque temps plus tard, une noce eut lieu au village. L'événement était attendu, les villageois s'y étaient préparés avec entrain. Patji et sa mère avaient brodé leur *hanbok* de fleurs colorées tandis que Kongji trimait dans les champs ou au ménage. Le jour de la fête, la mère arrangea une dernière fois son *noligae* et lui dit :

— Tu n'as même pas pris le soin de te coudre une tenue correcte et ton travail n'est pas fini. Il reste le tissage à faire, le riz à sécher et trier. Rejoins-nous quand tu seras prête.

Puis elle partit avec sa fille.

Kongji se remit au travail. Elle étala soigneusement les grains de riz sur une natte :

— Sèche, sèche vite que je te trie !

Puis elle s'installa devant son métier à tisser, mais s'interrompit aussitôt. Les moineaux s'abattaient en masse sur les grains. Elle les chassa mais ils revinrent.

Une fée tout de rouge vêtue lui apparut et lui dit d'une voix perlée :

— Ne pleure pas ! De mon azur, j'ai pu apprécier ta bonté et ton honnêteté candide. Tu me plais beaucoup, mon enfant, je vais t'aider !

La fée prit place sur le métier à tisser. Elle ourdit, enfila, peigna en un clin d'œil. Puis elle regarda le ciel et chanta une simple note. Deux généraux élégants apparurent et s'agenouillèrent devant elle. Elle leur dit :

— Officiers, égrenez ! Officiers, triez ! Officiers, disparaissez !

Les deux généraux s'inclinèrent et s'exécutèrent. Ils trièrent promptement le riz et disparurent dans un nuage de fumée.

Sitôt les hommes évaporés, un joli costume orné d'un délicat *noligae* et une paire de chaussures brodées de fleurs revêtirent la jeune fille. La fée lui dit :

— Te voilà parée pour la noce !

Elle disparut à son tour et Kongji partit à la fête.

Elle traversa le jardin à toutes jambes et arriva à un ruisseau. Elle remontait sa robe pour l'enjamber quand des trompettes et des galops annonçant le passage du préfet la firent sursauter. Elle trébucha et perdit une de ses chaussures. Le courant l'emporta. Kongji la laissa dériver, pressée de rejoindre la noce. Elle y arriva enfin et aperçut parmi la foule sa belle-mère et Patji. Elle se cacha dans un coin et admira la mariée. Il ne manquait que le préfet pour que la fête batte son plein.

Le préfet était en retard. En traversant un petit pont, il avait remarqué de loin l'éclat d'un bien curieux objet. Il avait quitté le cortège et trouvé le soulier perdu. Il s'extasia sur sa petite taille adorable doublée d'un goût des plus exquis. Il ordonna à ses officiers de trouver le pied qui l'avait égaré, puis le cortège reprit la route.

A la noce, les officiers se soumirent à un délicat exercice. Ils prièrent toutes les femmes de découvrir leurs pieds. La requête était audacieuse et provoqua un tollé général. On dut en dévoiler la cause. Alors, toutes les femmes se déchaussèrent, soulevèrent leurs robes et réclamèrent le soulier. Même la mariée le voulait. Les officiers organisèrent l'essayage. Aucun pied ne put y loger. La belle-mère déchaussa Patji et s'écria :

— C'est la chaussure de ma fille ! Nul besoin de la lui essayer, je l'ai fait tailler sur mesure !

Mais elle dut se plier à la règle. Seul son gros orteil y entra. Ils aperçurent alors Kongji, cachée derrière un paravent. Les retrouvailles entre le pied et le soulier furent heureuses. Et plus heureuses encore celles des deux chaussures brodées. Le préfet applaudit et dit :

— Acceptez le dessein du Ciel, épousez-moi !

Kongji remercia le Ciel compatissant. Elle quitta la maison familiale, devint préfète et profita d'une vie aussi douce qu'elle avait été amère.

Peu de temps après son mariage, elle reçut la visite de sa belle-mère et de Patji. Les deux femmes affichaient un sourire aimable. Elles témoignèrent d'une affection qui guérit Kongji de son passé douloureux. Elle les invita à entrer, leur fit visiter sa demeure, leur fit servir les meilleurs plats. Les deux femmes la félicitèrent et demandèrent à voir les jardins et le bel étang à la renommée légendaire. Kongji les mena sur la berge et leur cueillit quelques lotus. Les deux femmes la précipitèrent dans l'eau boueuse et attendirent patiemment qu'elle se noie. Son corps sans vie réapparut entre les fleurs et les deux femmes le dépouillèrent. Patji revêtit à la hâte les vêtements de préfète et prit sa place.

Le soir venu, le préfet rentra chez lui. Il contempla sa chère épouse et s'étonna :

— Vos yeux sont ronds comme des pois !

— C'est l'inquiétude de l'attente !

Puis il demanda :

— D'où viennent ces traces sur vos joues ?

— Je vous ai entendu venir et j'ai couru pour vous rejoindre. Je suis tombée sur une natte où séchaient justement des pois. Ils ont abîmé mon visage !

L'homme, fatigué de sa journée, répondit :

— Ne soyez pas si empressée ! L'impatience ne vous sied pas !

Le lendemain, comme chaque matin, le préfet ouvrit sa fenêtre. Il admirait son bel étang, respirait au soleil levant le parfum subtil des lotus. Il s'arrêta sur une fleur plus épanouie que les autres, plus haute et bien plus colorée. Il descendit pour la cueillir et la déposa dans un vase. Le lotus embauma la pièce.

Patji remarqua cette fleur et apprécia l'attention de son époux. Elle s'approchait pour la sentir quand un pétale s'allongea, se métamorphosa en main et lui arracha une mèche de cheveux. Elle cria, prit la maisonnée à témoin mais personne n'avait rien vu. Elle jeta la fleur dans le four.

L'heure du déjeuner approchait. La cuisinière s'affaira et enfourna le plat du jour. Quand elle retira sa pelle, elle découvrit parmi les braises une perle de cinq couleurs. Elle se réjouit d'une telle aubaine et rangea précieusement ce trésor dans son armoire.

Après le service du soir, la servante regagna sa chambre. Elle s'apprêtait à se coucher quand elle entendit une voix étouffée :

— Grand-mère, je suis dans l'armoire ! Ouvrez-moi et écoutez-moi !

La cuisinière se leva, ouvrit la porte et crut avoir perdu la tête. Sa maîtresse était devant elle ! Kongji la rassura :

— Je ne suis qu'une apparition et grâce à toi, je pourrai renaître à la vie.

Elle lui conta son histoire, ses malheurs et sa mort injuste. La servante promit de l'aider.

Le lendemain, la cuisinière inventa des besoins urgents d'ingrédients rares qu'on ne trouvait que dans une région lointaine. Patji se chargea de cette course délicate et s'absenta. Le soir venu, elle n'était toujours pas rentrée. Le préfet fut seul à dîner. Il prit place à une table parfaitement dressée, garnie d'alcools voluptueux et de mets appétissants. Il s'en frotta d'aise les mains, saisit sa paire de baguettes mais arrêta son geste. Ses deux baguettes avaient des tailles différentes ! C'était une faute impardonnable ! Il les brisa et se leva, hurlant après la cuisinière. Une voix couvrit sa colère :

— Monsieur le préfet est capable de remarquer deux baguettes dépareillées, mais incapable de distinguer son épouse d'une autre femme !

Le préfet regarda autour de lui mais seule la servante était là. Elle lui parla de la perle aux cinq couleurs et lui conseilla de se promener près de l'étang.

Sous la lune, il distingua parmi les lotus endormis le corps flottant de son aimée. Il plongea dans l'eau et le hissa sur la berge. Kongji ouvrit les yeux et lui dit :

— Les dieux ont eu pitié de moi ! Ils ont daigné me renvoyer en ce monde afin que notre union inachevée s'accomplisse.

Elle lui raconta toute l'histoire, la maltraitance de sa belle-mère et la traîtrise de sa sœur jusqu'à la mort. Le préfet en fut bouleversé. Lorsque Patji se présenta le lendemain avec les ingrédients précieux, elle fut confondue, blâmée et chassée du palais. Kongji vécut enfin heureuse.

La balle doit pousser avec le riz jusqu'à l'heure de la moisson, mais qui raconte les souffrances qu'elle impose au bon grain ?

Les arbres

Leurs racines ancrées dans la terre et leurs branches pointées vers le ciel, les arbres font le lien entre le monde terrestre et l'au-delà, les vivants et leurs ancêtres. Au cours de nos histoires, ils pousseront si vite que nous devinerons aisément qu'ils sont mus par des forces supérieures et participent à une nature enchantée. Les arbres merveilleux qui s'élèveront çà et là seront exceptionnellement luxuriants, quel que soit leur terreau, marquant une vitalité que la mort telle que nous l'envisageons ici ne peut abattre.

Dans ces contrées animistes, l'un sera un arbre-esprit, plaqueminier ou figuier réputé apporter la prospérité, qui aura germé d'arêtes de poisson ou de morceaux de corps, mémoires métamorphosées de l'héroïne ou de sa mère. Il aura la vertu de donner, nourrir, protéger. Un autre évoquera les cultes religieux ou la spiritualité des peuples : ses feuilles ou ses fruits d'or et d'argent, ses essences, ses noms désignent l'arbre sacré du Bouddha, le grand Arbre des Lumières, l'arbre bodhi, *célèbre ficus des pagodes, sous lequel Siddharta connut l'Eveil et brisa le cycle des incarnations. Cette référence concourt au sacré du parcours de l'héroïne, dont les actions rendent sensible et imagée la loi du karma.*

La jeune Oubliée

INDONÉSIE, ÎLE DE JAVA

Nyai Bungsu Ravang était la dernière-née d'une famille de sept filles. On la surnommait la jeune Oubliée, d'abord parce que Bungsu signifie « la plus jeune », ensuite parce que nul ne pensait jamais à elle. Ses parents, de modestes paysans, l'oubliaient souvent au marché, à la maison ou dans les champs. Ils étaient trop préoccupés par les nombreuses bouches à nourrir et les récoltes incertaines. Ses six aînées ne voulaient pas s'embarrasser d'une petite dans leurs escapades quotidiennes.

Oubliée ne réclamait rien, ne pleurait pas. Elle poussait comme une ancolie dans la pierre, trouvant toujours de quoi boire ou de quoi manger. L'eau de pluie la lavait et le soleil la séchait.

Nyai Bungsu Ravang était une toute jeune fille quand elle perdit ses parents. Ses six sœurs s'étaient mariées, installées avec leurs familles dans d'honorables *limasan*, leurs situations étaient sûres, elles possédaient terres et champs et avaient bien d'autres soucis que de prendre soin d'Oubliée. La petite élit domicile dans un vieux *kampung* défraîchi aux murs en treillis de bambou. Elle l'arrangea avec soin et en fit une maison proprette. Elle cultivait devant sa porte quelques plants de patates douces, du taro, deux pieds de manioc, mais sa récolte ne suffisait pas à la rassasier très longtemps. Elle n'eut pas d'autre choix que de demander à ses sœurs un peu de riz.

Elle partit voir la première. Celle-ci était d'une beauté aussi piquante que sa parole. Elle accepta de la nourrir en échange de travaux des champs. Oubliée passa la journée le dos courbé dans la rizière. Quand elle demanda sa pitance, la belle acide ne lui servit que deux maigres cuillères de riz :

— Autant de temps pour un si pauvre résultat ! Tu ne t'es pas trop fatiguée, tu ne dois pas être affamée.

Le lendemain, elle partit voir sa deuxième sœur, une coquette sans pareille. Celle-ci l'assomma de tissus et de vêtements à broder. La petite cousit sans relâche, à s'en faire saigner les yeux. Elle présenta son travail et entendit :

— Tes points sont grossiers et maladroits. Tu ne mérites que les restes.

Mais Oubliée s'en contenta.

Il en fut ainsi chaque jour avec les autres. Elle dut garder un troupeau chez la troisième, une rêveuse qui perdait tout jusqu'à sa tête, la quatrième, une maniaque invétérée, lui fit récurer le plancher, la cinquième qui aimait les plantes lui fit nettoyer les pétales de ses fleurs, et la sixième, une paresseuse qui passait son temps à dormir, ne l'entendit même pas frapper.

L'ancolie buvait et mangeait à peine ce qu'il lui fallait pour tenir debout. Elle était frêle et pâlichonne. Mais vint l'heureux temps des moissons. Ses sœurs recherchèrent des bras et s'adressèrent à la petite. Nyai Bungsu Ravang revint joyeusement vers ses aînées qui organisèrent ses journées. Elle travaillait sans relâche, courant d'un champ à un autre. Le soir, les six sœurs l'attendaient avec tantôt une simple cuillère de riz sec, tantôt une tranche de *tempeh* frit. Oubliée s'en accommodait et accomplissait ses besognes sans discuter.

Un jour qu'elle sortait de chez elle, elle découvrit devant sa porte un gros plant de manioc. Il était d'une belle taille ! Il lui remplirait l'estomac pendant au moins deux jours. Elle le cueillit, le hacha, le blanchit. Elle le laissait refroidir devant sa porte lorsqu'un vieux couple accompagné de quatre enfants, dont la maigreur ne permettait plus de deviner l'âge, s'arrêta devant son *kampung*. Le vieux lui dit :

— Nyai, ayez pitié de nous. Voilà trois jours que nous marchons le ventre vide !

Nyai Bungsu Ravang les accueillit et sans hésiter leur servit son beau manioc. Elle se fit une joie sincère de les regarder engloutir ce qui aurait dû la nourrir et n'en mangea pas une bouchée. Elle était leur hôte et à ce titre, elle les reçut selon les règles de l'hospitalité. Quand le vieux fut rassasié, il se lava la bouche et dit :

— Nyai, votre générosité est plus précieuse qu'un bijou. Maintenant que j'ai bien mangé et que mes forces sont revenues, accompagnez-moi, s'il vous plaît.

Avec quelques branches, il se fabriqua une nasse, puis l'emmena à la rivière. Il pêcha autant de poissons que s'il avait eu un filet. Un minuscule poisson rouge s'y était pris. Comme il était trop petit pour être mangé, le pêcheur le rejeta, mais le poisson s'y prit encore. Nyai Bungsu Ravang le trouvait si adorable qu'elle le ramena chez elle.

Les gros poissons furent lavés, cuisinés, enveloppés dans des feuilles de bananier, mais la jeune fille relâcha le petit poisson dans la citerne d'eau de pluie. Il semblait heureux de son sort. Il nageait comme un petit fou, à droite, à gauche ! Elle l'appela « mon fils Leungli » et lui offrit les maigres restes du gros manioc.

De ce jour, Nyai Bungsu Ravang se considéra comme chargée de famille. Elle avait une bouche à nourrir et comptait ne pas y manquer. Elle travailla plus dur encore. Elle supporta avec entrain tous les caprices de ses sœurs, se trouva de nouveaux travaux dans de riches propriétés. Elle conservait ce qu'on lui offrait à manger et le partageait équitablement avec son fils poisson. Elle s'asseyait sur le bord de la citerne et l'appelait :

Leungli, Leungli
C'est du riz cuit !

Quelques grains pour toi et pour moi!
C'est assez pour nous rassasier
Et c'est assez pour nous aimer!

Le poisson manifestait sa joie en nageant comme un petit fou, à gauche, à droite! Il sautait, faisait des pirouettes. Nyai Bungsu Ravang le nourrissait si bien qu'en une semaine, le bébé poisson était devenu imposant et arborait des écailles dorées comme des pièces d'or. Et la chétive ancolie s'était métamorphosée en un lotus épanoui.

Ses six sœurs remarquèrent sa mine éclatante malgré le travail ardu qu'elle abattait. Elle était devenue plus belle que toutes les autres, avec ce petit supplément de joie qui la rendait plus radieuse encore. Elles en pleurèrent de jalousie, se plaignirent les unes aux autres et décidèrent de diminuer ses rations. Mais rien n'y fit. La jeune Oubliée embellissait de jour en jour.

L'aînée suspecta une tromperie. Elle organisa une journée d'espionnage avec ses sœurs. Elles la suivirent dans les champs. La dormeuse ronfla et la rêveuse sifflota. La maniaque les fit taire et la coquette se plaignit d'avoir sali sa toilette. La jardinière scruta tous ses faits et gestes mais ne décela rien d'intrigant. La troupe en embuscade suivit Oubliée jusqu'au *kampung*. La belle acide s'en félicita : elle découvrit le poisson d'or. Elle rassembla son bataillon, les six sœurs rentrèrent et complotèrent :

— Bien frit, il sera délicieux!

— Il ne reste qu'à l'attraper.

— Il faut éloigner Oubliée…

— La faire travailler jour et nuit.

— Ou la faire mourir de faim !

Le jour suivant, la belle acide convoqua Oubliée :

— Demain, nous mangerons un curry et tu seras notre invitée. Il nous manque quelques épices. On ne les trouve que dans le village voisin. Tu es la plus jeune de nous toutes, tes jambes sont plus vives que les nôtres. Va les acheter, ainsi tu gagneras ta part.

Nyai Bungsu Ravang était contrariée. Le trajet lui prendrait dix heures et elle devrait laisser son cher Leungli, mais elle n'avait pas d'autre choix que d'obéir.

Dès que la petite fut partie, les six sœurs se précipitèrent au *kampung*. La belle acide montra la citerne du doigt. Ses sœurs plongèrent leurs mains dans l'eau mais le poisson, peu habitué à tant de monde, nageait en pleine confusion. La jardinière tailla une branche et le harponna d'un coup sec. Elles rentrèrent au *limasan* de leur aînée, arborant leur prise de guerre en étendard. Elles le cuisinèrent en chœur. La première lui coupa la tête, la deuxième écailla une face et la troisième l'autre face. La quatrième le nettoya et la cinquième l'assaisonna. La sixième, qui avait dormi tout ce temps, dut au réveil cacher les arêtes et la tête. Trop fatiguée, elle les couvrit simplement d'une feuille de bananier.

Nyai Bungsu Ravang revint enfin. Elle remit les épices à sa sœur aînée et demanda à rentrer chez elle se reposer. La belle acide lui répondit :

— Après une si longue marche, il faudrait que tu manges un peu. Prends donc une poignée de riz et une part de poisson frit.

La jeune sœur préféra les emporter chez elle. Elle les partagerait avec son Leungli. Elle attrapa à la volée une feuille de bananier… et découvrit la tête de son fils poisson. Entre deux larmes, elle bredouilla :

— Vous avez tué mon Leungli !

La belle acide lui répondit :

— Nous t'avons conservé la tête, de quoi te plains-tu ?

La jeune fille enveloppa soigneusement les restes dans la feuille de bananier et s'en alla.

Nyai Bungsu Ravang les enterra derrière sa petite maison. Elle fit un tombeau de quelques pierres bien choisies et pleura des heures entières. Elle s'y recueillait chaque jour. Elle se rappelait les sauts, les courses de son Leungli dans la citerne et lui déposait la moitié de son repas, comme elle l'avait toujours fait.

Leungli, Leungli
C'est du riz cuit !
Quelques grains pour toi et pour moi !
C'est assez pour nous rassasier
Et c'est assez pour nous aimer !

Un matin, au cœur des pierres, elle vit pointer une pousse verdoyante. Elle l'arrosa et la pousse devint arbuste. Une lune plus tard, l'arbuste était devenu arbre. Il recouvrait la tombe de Leungli tant il était grand et épais, et il donnait des grappes de fruits jaune d'or. L'un d'eux se détacha et vint se poser dans la main de la jeune fille. Elle chanta :

Leungli... Leungli...
Tu es toujours auprès de moi !
Tu es mon air, je suis ta chair !

Elle tenta de peler le fruit, mais il était aussi lourd et aussi dur que du métal.

Ce fruit qu'on ne pouvait peler offrit aux langues privées de sa saveur l'appétence de raconter l'histoire à leur goût.

Certaines ont raconté ceci :

L'arbre aux fruits d'or étendit ses branches si haut qu'on pouvait le voir de l'autre côté de l'île. De son palais, le roi l'aperçut et se hâta d'aller le voir de près. Quand il le trouva enfin, il découvrit Nyai Bungsu Ravang. Elle nettoyait soigneusement ses racines. Impressionnée par la présence royale, elle se cacha dans un buisson. Le roi sourit et dit :

— J'aimerais connaître les mains précieuses qui prennent d'aussi grands soins de cet arbre ! Grâce à elles, ses fruits sont d'or et son tronc touche jusqu'au ciel.

A ces paroles, la jeune fille s'enhardit. Elle sortit de sa cachette et raconta sa vie au roi, celle de l'enfant oubliée, de la petite sœur maltraitée, de son poisson assassiné ! Le roi l'écouta sans mot dire. Il tendit simplement la main. Nyai Bungsu Ravang la prit et suivit le roi au palais. Elle cueillit comme on cueille une fleur des champs son arbre d'or et l'emporta. Elle devint reine sous son ombre bienveillante.

Le temps passa. L'ancolie était devenue un lotus flamboyant. Elle vivait dans l'amour et l'aisance, jusqu'à cette année de sécheresse qui accabla tout le pays. Les champs brûlèrent sous le soleil, le bétail assoiffé mourait. Les familles erraient dans les rues à la recherche d'un peu de riz et se battaient pour quelques grains. Les sœurs de la reine ne furent pas épargnées. Elles perdirent leurs biens en même temps que leur superbe. Accablées, elles se rendirent au palais et demandèrent à voir la reine.

Nyai Bungsu Ravang les reçut. La belle acide s'était fanée, la coquette était vêtue de haillons, la rêveuse pleurait, la maniaque sentait mauvais, la jardinière mangeait les rares brins d'herbe encore verts et la dormeuse souffrait d'insomnie. La reine admira ce spectacle qui la ravissait secrètement. Elle leur offrit un bol d'eau, quelques restes de son repas, et les renvoya dans la rue.

Comme elle le faisait chaque jour, elle se rendit au pied de son arbre aux fruits d'or et lui raconta sa victoire avant de cueillir un fruit. Mais cette fois, le fruit resta accroché à la branche. Elle entendit :

— L'océan, les montagnes et les immenses continents ne sont pas des fardeaux bien lourds à côté de celui de ne pas rendre au monde sa bonté.

La reine confuse se reprit. Elle fit chercher ses sœurs partout et les accueillit au palais. Elle les traita comme des reines plus grandes qu'elle, ce qui la fit grandir bien plus qu'on ne peut vous le raconter.

D'autres langues, négligeant le palais du roi, ont préféré cette version-là :

Quand Nyai Bungsu Ravang reçut dans les mains ce fruit lourd et dur comme du métal mais plus doré que le soleil lui-même, elle le porta chez un orfèvre. L'homme l'observa, hésita, observa encore, puis, sans voix, souffla :

— Ce n'est pas un fruit, c'est de l'or !

Elle lui offrit ce trésor et rentra chez elle en courant.

L'arbre croulait sous ses fruits d'or ! Cette abondance de richesse permit à la jeune Oubliée de se faire bâtir une maison de toute beauté, un vrai *joglo* entouré de vastes jardins. Elle investit dans des rizières et du bétail, et faisait don de ses récoltes et de ses bêtes à qui était dans le besoin. Elle ne resta pas longtemps seule au *joglo*. Pour la remercier de ses soins, les villageois tenaient à travailler pour elle. Certains nettoyaient la maison, d'autres s'occupaient du jardin… Mais elle se faisait un point d'honneur à cuisiner et à servir tout être qui se présentait, voyageur ou déshérité. Elle se réservait le soin de nettoyer chaque matin la tombe de son poisson d'or.

La richesse soudaine de Nyai Bungsu Ravang n'avait pas échappé à ses sœurs. Elles se présentèrent ensemble au *joglo* à l'heure du repas. Dans leurs bouches, résonnaient les mots les plus tendres que l'on puisse prononcer. Elles l'appelaient « notre chère sœur ». Même la dormeuse ouvrait grand ses lourdes paupières. Oubliée les reçut comme l'on reçoit des princesses et leur montra l'arbre aux fruits d'or. Elle les invita à demeurer quelque temps et à profiter des richesses que Leungli lui offrait toujours. Elles acceptèrent.

Le soir venu, quand tout le monde fut endormi, la belle acide tint un conciliabule avec ses sœurs :

— Si nous n'avions pas tué ce poisson, elle ne serait pas si riche. Une part doit nous en revenir !

L'arbre aux fruits d'or fut pris d'assaut par les six sœurs. Une pluie de fruits épineux et lourds les assaillit. Griffées, blessées et à moitié assommées, elles s'enfuirent. Elles avaient obtenu leur part.

Les comptines

Ces petits chants de l'enfance qui accompagnent généralement les soins maternels scandent les récits. Dans quelques-unes de nos histoires, l'être qui porte l'âme réincarnée de la mère chante une comptine à sa fille, lui apprend comment lui signaler sa présence. Parfois, la jeune fille compose elle-même sa chanson, identique à chaque appel, ou fredonne le chant du souvenir. C'est par la voix que le lien avec sa mère peut se renouer. Ces chansons d'enfance sont ludiques, jouent sur les sons, la répétition, comptent peu de mots, mais ceux qui sont employés décrivent avec simplicité la situation de l'héroïne et formulent ce dont elle a besoin. Elles rappellent l'intimité chaleureuse du lien maternel. Elles sont comme les surnoms que l'on a donnés aux petits enfants et qui les ramènent, une fois devenus adultes, des décennies plus tard, au temps du souvenir, à la connivence, à l'affection, à la recréation du lien. La comptine, ainsi chantée par l'héroïne au seuil de son passage à l'âge adulte, lui permet de retrouver une voix oubliée, d'être reconnue dans ce qu'elle est et de regagner l'amour inconditionnel perdu.

Ail Blanc et Echalote,
Bawang Putih et Bawang Merah

Indonésie, île de Java

Un chef de famille avait deux femmes. La première donna naissance à Bawang Putih, Ail Blanc, une fillette exhalant une douceur fruitée qu'elle tenait de sa mère. Quelque temps plus tard, la seconde femme mit également au monde une petite fille qu'elle nomma Bawang Merah, Echalote, la prédisposant ainsi à irriter son entourage par ses caprices.

Le père, excédé par les humeurs de la cadette, conçut une préférence marquée pour l'aînée. La mère de Bawang Merah, blessée dans son orgueil d'épouse et de mère, jura de prendre sa revanche. Elle n'eut pas longtemps à attendre. La première épouse et le père furent emportés l'un après l'autre par une terrible maladie. La veuve prit en main les affaires de la maison.

La nouvelle cheffe de famille en profita pour rétablir à sa manière les injustices dont elle s'était si longtemps plainte. Elle offrit à sa fille l'ensemble des biens de son père et lui légua les beaux sarongs et les étoles de sa rivale. Elle ne laissa à sa belle-fille que de vieux habits de travail et la relégua sur-le-champ aux basses besognes.

Bawang Putih devait dès l'aube nettoyer la maison et aller puiser l'eau pour la toilette de sa sœur. Venait ensuite l'heure de préparer le repas, de servir et de desservir, puis, sans attendre, de partir laver les vêtements à la rivière. Le soir venu, il fallait ramasser du bois dans la forêt. Enfin elle pouvait manger les maigres restes de la journée.

Bawang Putih s'appliquait à toutes ses tâches. Elle souriait constamment pour éviter de susciter les remontrances de sa belle-mère. Elle aurait aimé partager de doux moments avec sa sœur, mais Bawang Merah la regardait de haut.

Un jour qu'elle lavait le linge à la rivière, Bawang Putih laissa échapper le beau sarong rouge de sa belle-mère. Redoutant les représailles qui ne manqueraient pas d'advenir si elle avouait son forfait, elle plongea dans l'eau. Des branchages arrêtèrent la course de la jupe. Elle allait l'attraper quand une vieille femme surgit, repêcha le vêtement et courut à travers les bois avec des jambes de jeune fille. Bawang Putih la poursuivit et arriva à une grotte. La vieille femme était paisiblement assise devant l'entrée. Bawang Putih la salua :

— Vieille, veuillez me pardonner ! Je voudrais bien vous donner le beau sarong rouge, mais il n'est pas à moi. Si je ne le rapporte pas, je me ferai gronder et battre.

La vieille femme lui répondit :

— Il appartient à la rivière et je l'ai trouvé avant toi. Si tu le veux, tu devras donc le mériter. Travaille pour moi et tu l'auras.

Elle lui tendit un panier de riz à rincer. Quand ce fut fait, Bawang Putih dut encore laver du linge, puis trier des bûches par tailles. Enfin la vieille, n'ayant plus rien à lui donner à trier ni à laver, lui présenta deux citrouilles, une grosse et une petite :

— Choisis celle que tu veux.

Bawang Putih la remercia de sa générosité et pour ne pas gêner son hôtesse, choisit la petite citrouille. La vieille lui rendit le sarong et lui souhaita un bon retour.

La jeune fille fut accueillie par les hurlements de sa sœur et de sa belle-mère. Elle tenta de s'expliquer, leur raconta le sarong entraîné par le courant, la vieille femme, les travaux qu'elle avait accomplis, les deux citrouilles et leur tendit celle qu'elle avait choisie. La belle-mère s'en empara et hurla de plus belle :

— Il fallait prendre la plus grosse !

Elle jeta le fruit par terre. On entendit un *whack* énorme et la citrouille libéra des guirlandes de bijoux en or et de diamants. La belle-mère et sa fille en furent sidérées.

Le lendemain, pour la première fois, la mère envoya Bawang Merah faire la lessive :

— Tu n'auras pas à travailler ! Laisse seulement un vieux sarong filer dans le courant et suis-le comme ta sœur l'a fait.

Bawang Merah lui obéit avec grâce ! Elle lâcha un vieux tissu et comme la veille, il s'accrocha à une branche. La vieille parut, le repêcha et repartit en bondissant. Bawang Merah la suivit jusqu'à la grotte. La vieille lui dit qu'elle lui rendrait le sarong en échange d'un coup de main. Elle lui tendit un panier de riz à rincer, mais la jeune fille se mit à pleurer et ne leva pas le petit doigt. Quand ses sanglots se calmèrent, elle lui dit :

— Donne-moi la grosse citrouille !

La vieille femme la lui remit sans rechigner.

Bawang Merah rapporta fièrement le fruit à sa mère. Les deux femmes se réjouirent des trésors qui les attendaient. Elles l'écrasèrent au sol. On entendit un *whick* énorme et la citrouille libéra un nœud de serpents venimeux.

Certains racontent que Bawang Merah honora son prénom et pleura toutes les larmes de son corps. Les deux femmes, épouvantées, fuirent la maison sans plus jamais y revenir, mais d'autres rapportent au contraire qu'elles effrayèrent les serpents et se nourrirent de leur venin pour accuser Bawang Putih de les avoir honteusement trompées.

Leur vengeance fut terrible. Les corvées les plus pernicieuses s'enchaînèrent sans répit. La jeune fille s'épuisa. Son sourire pâlit et son goût de la vie s'affadit.

Un soir que Bawang Putih, épuisée par les besognes de la journée, ramassait du bois au bord d'un étang, un poisson sortit de l'eau. C'était un tout petit poisson aux écailles de soie qui chantait :

Tak lelo… lelo… lelo ledung…
Cep menenga, aja pijer nangis
Anakku sing ayu rupane
Yen nangis ndak ilang ayune.

Tak lelo… lelo… lelo ledung…
Chut, s'il te plaît, ne pleure plus
Mon enfant au joli visage
Si tu pleures, tu ne seras pas si belle.

Tak lelo… lelo… lelo ledung…
Cep menenga, anakku cah ayu
Ta' emban, slendang batik kawung
Yen nangis medhak nggawe bingung.

Tak lelo… lelo… lelo ledung…
Chut, s'il te plaît, ma belle enfant
Je te berce dans mon batik de lotus
Si tu pleures, je pleurerai aussi.

La jeune fille reconnut la voix tendre de sa mère et répondit :

Kasih ibu, kepada beta
Tak terhingga sepanjang masa
Hanya memberi
Tak harap kembali
Bagai sang surya
Menyinari dunia.

L'amour de maman pour moi
Sans fin et pour toujours
N'est que don
Sans rien attendre en retour

Comme un soleil
Donnant ses rayons au monde.

De ce jour, la jeune fille rendit visite à sa mère poisson dès que ses corvées lui en laissaient le temps. Elle lui portait la moitié de ce qu'elle avait reçu à dîner, puis s'allongeait sur la berge et écoutait, chantait, riait. Elle revenait de ses rendez-vous secrets apaisée et plus souriante encore que d'habitude.

Bawang Merah remarqua cette bonne humeur. Elle ne comprenait pas pourquoi sa sœur trouvait une telle joie à ses corvées. Elle la suivit à la rivière, mais ne repéra rien d'intrigant. Elle l'épia à l'étang et entendit le poisson chanter. Elle attendit que sa sœur parte, prit sa place sur la berge et chanta comme sa sœur l'avait fait.

Kasih ibu, kepada beta
Tak terhingga sepanjang masa
Hanya memberi
Tak harap kembali
Bagai sang surya
Menyinari dunia.

L'amour de maman pour moi
Sans fin et pour toujours
N'est que don
Sans rien attendre en retour
Comme un soleil
Donnant ses rayons au monde.

Le poisson de soie s'approcha sans méfiance. Son corps était brillant et dodu ! Bawang Putih l'attrapa et le rapporta à sa mère. Les deux femmes le cuisinèrent et le servirent pour le dîner. Pour une fois, Bawang Putih fut invitée à s'attabler et servie copieusement. Elle remercia sa belle-mère de ce plat exceptionnel et mangea de bon appétit. Quand elle eut terminé sa part, elle entendit :

— C'est toi qu'il faut remercier ! C'est grâce à toi que nous avons pu pêcher ce poisson dodu ! Sa chair est aussi savoureuse que ses écailles étaient soyeuses !

Bawang Putih fut dévastée. Elle rassembla les arêtes de son poisson et les enterra soigneusement au pied d'un grand arbre, à quelques pas de la maison. Elle s'y recueillait chaque jour. Elle lui faisait des offrandes, déposait sur un tapis de fleurs sauvages les grains de riz les plus onctueux des pauvres parts qu'on lui laissait. Elle chantait puis repartait à ses corvées. Un matin, elle découvrit dans les branches de l'arbre une balançoire qui bougeait toute seule. Elle s'y installa et chanta une berceuse.

Di sini senang
Di sana senang
Di mana mana hatiku senang.
Di sini senang
Di sana senang
Di mana mana hatiku senang.

Heureuse ici,
Heureuse là,

Je suis heureuse partout.
Heureuse ici,
Heureuse là,
Je suis heureuse partout.

La balançoire l'entraîna dans les airs. Le souffle du vent dans les feuillages l'accompagna. Plus elle chantait, plus elle s'élevait, légère.

Il ne se passait pas un jour sans que Bawang Putih vienne se balancer et chanter sous son arbre.

Un jour, un prince qui chassait non loin de là entendit sa chanson. Il suivit le son de la voix et découvrit la jeune fille à la douceur fruitée. Il s'approcha, mais Bawang Putih eut si peur que l'on découvre son secret et qu'on la prive de son arbre qu'elle s'enfuit.

Le prince la chercha partout. Il visita toutes les maisons alentour, mais aucune femme ne ressemblait à celle qu'il avait entrevue, aucune voix n'était comparable à la sienne. Il arriva chez la belle-mère et lui demanda si elle avait une fille. Très honorée d'accueillir un prince, elle l'installa confortablement dans le jardin :

— Permettez-moi d'aller vous chercher un verre d'eau et quelques fruits !

Elle rentra dans la maison, jeta une étole brodée sur les épaules de sa fille, mit un peu d'ordre dans ses cheveux et la fit sortir à la hâte. Elle attacha Bawang Putih à une poutre de la pièce, l'enferma et rejoignit Bawang Merah auprès du prince.

Le prince les interrogea sur la balançoire suspendue sous le grand arbre. La mère déclara qu'elle appartenait à sa fille, qui acquiesça tout sourire. Il demanda à la charmante demoiselle de chanter. Bawang Merah ouvrit la bouche, aucun son ne put en sortir.

Du fond de la maison, une voix que le prince reconnut aussitôt s'éleva et chanta :

Di sini senang
Di sana senang
Di mana mana hatiku senang.
Di sini senang
Di sana senang
Di mana mana hatiku senang.

Heureuse ici,
Heureuse là,
Je suis heureuse partout.
Heureuse ici,
Heureuse là,
Je suis heureuse partout.

Il ordonna qu'on lui ouvre la porte. Il entra et vit la jeune fille à la douceur fruitée. Elle l'entraîna en forêt, le mena à la balançoire et l'invita à s'y installer avec elle. Ils s'envolèrent dans les airs, se balancèrent des heures durant. Tous deux chantèrent, accompagnés par le chant des feuilles dans le vent.

Lorsque la nuit tomba, les jeunes gens ne purent se séparer. Le prince demanda Bawang Putih en mariage. Elle accepta et leur vie eut le goût fruité de l'ail blanc.

La faim

La faim tenaille le ventre de notre héroïne, la condamne au dépérissement puis, s'il en était, à la mort. Elle est bannie de la table familiale, doit se contenter de restes insuffisants. Elle est privée de ce qui permet de se forger un corps et un esprit solides. De la qualité de ce que nous mangeons, dépendront notre développement, nos aptitudes physiques et mentales. De la façon dont nous mangeons, des rituels de la table que nous apprenons, dépendront nos comportements. Ils nous sont enseignés par nos aînés, parents ou tuteurs, et nul, dit-on, ne nourrit mieux qu'une mère ! Dans nos histoires, l'héroïne, dépourvue de cette mère nourricière et de transmission, a faim. Elle s'affaiblit, s'étiole, s'efface.

Rejetée de ces moments à la fois de sociabilité, de partage et d'apprentissage, elle est mise au ban du cercle domestique et, par extension, de sa communauté. La faim apparaît comme la première image sensible d'exclusion, du manque, et déclenche les actions des porteurs d'âmes, poissons, tortues. Ils subviendront à ses besoins essentiels. Les arbres merveilleux porteront des fruits qu'elle seule pourra cueillir et celle qui aura eu faim donnera, en fin de conte, l'eau à la bouche.

Le gobie d'or

Thaïlande

Sethi le pêcheur vivait avec ses deux épouses. La première, Khanitha, lui avait donné une fille, U'Ay la douce. La deuxième, Khanithi, s'était fait un point d'honneur à mettre au monde un enfant de plus que sa rivale. C'est ainsi que naquirent coup sur coup de ce deuxième lit Ay et I. Elles firent la fierté de leur mère, surtout l'aînée, dont elle vantait l'autorité et l'impétuosité sous couvert de détermination et de vivacité. Elle dénigrait sa belle-fille, trop douce, trop passive, somme toute trop fade. Elle le répéta tant et tant que le père finit par délaisser U'Ay et celle qui l'avait mise au monde, au bénéfice de Khanithi.

C'est ainsi que la deuxième épouse prit en main les rênes de la maison. Elle traita sa rivale et sa fille comme deux servantes. Khanitha devait se lever de bon matin, préparer les repas, balayer, nettoyer, puiser l'eau de la journée, nourrir les canards et accomplir de nombreuses tâches qui variaient selon les humeurs du jour. Quand Sethi partait pêcher, elle devait l'accompagner et ramer pour lui sur le Klong. U'Ay restait à la maison et terminait le travail que sa mère n'avait pas eu le temps de finir.

Ce jour-là, le ciel était lourd. Khanitha peinait à ramer dans l'eau trouble et tumultueuse. Les poissons se cachaient. Seul un petit gobie s'était coincé dans le filet. Sethi le rejeta à l'eau en hurlant :

— Rame plus fort, rame plus vite, ou nous n'aurons rien à manger !

Khanitha rama autant qu'elle put, mais quand le filet fut lancé, seul le gobie vint s'y coincer. Sethi le rejeta encore, puis il relança son filet, mais le gobie s'y logea une troisième fois. Il le lança violemment dans la barque.

— Poisson de malheur, je vais te tuer !

Khanitha se dépêcha de le rendre à la rivière, mais le gobie revint encore. Elle le prit dans ses mains :

— Il veut venir vivre avec nous ! Offrons-le donc à notre fille, nous sommes trop pauvres pour lui acheter un cadeau. Celui-là ne coûtera rien.

La remarque poignarda Sethi dans son orgueil.

— A qui la faute ? Vois donc où tu conduis la barque !

Puis il frappa la pauvre femme. Elle tomba dans l'eau du Klong et disparut dans le courant. L'homme crut à une ruse pour l'attendrir. Fâché autant que vexé, il rentra chez lui.

U'Ay accourut sur la berge et demanda après sa mère. Elle reçut pour toute réponse :

Le gobie l'a prise avec lui
Elle va au palais flottant
Tu la vois trois jours attendant
Reviendra du palais flottant
Elle y retournera dormant.

U'Ay comprit. Elle savait, car on le disait aux veillées, que lorsque quelqu'un s'est noyé, le corps se décompose et flotte pendant trois jours, puis il sombre éternellement. Elle pleura et les coups s'abattirent sur elle en guise de consolation. Pour la faire taire, sa belle-mère la menaça :

— Pleure encore et je raconterai que Khanitha s'est enfuie avec un amant !

U'Ay n'émit plus une larme, pourtant la langue de Khanithi s'en donna à cœur joie.

U'Ay hérita des corvées de sa mère. Dès qu'elle finissait son travail, elle courait au bord du Klong et pleurait en cachette. Les jours et les semaines passèrent sans atténuer son chagrin. Un soir que, penchée sur l'eau, elle caressait les flots, un gobie doré s'approcha. Il s'arrêta devant elle, ouvrit sa bouche toute ronde et lui parla :

— Je suis ta mère, mon enfant !

La jeune fille reconnut la voix familière. Elle se souvint, car on le disait aussi lors des veillées, que les êtres se réincarnaient dans le corps de la dernière vision qu'ils avaient eue de leur vivant. Sa mère, qui était à la pêche, était devenue un poisson et revenait vers elle ! Elle lui parla longuement et fit de même tous les jours qui suivirent. La nuit tombée, la fille caressait les flots pour appeler sa mère gobie. Elle lui donnait à manger, bavardait, riait avec elle. Elle devint la plus joyeuse de la maison.

Khanithi constata ce changement d'humeur et soupçonna une tromperie. Elle envoya Ay l'espionner. Le secret fut vite découvert.

Le lendemain, Khanithi dépêcha sa belle-fille à la garde des vaches, à la lisière de la forêt, et décréta :

— Laisse-les paître jusqu'à la nuit, la lune attendrit l'herbe.

U'Ay était à peine partie que la belle-mère se fit conduire jusqu'à la berge du Klong. Ay lui désigna l'endroit exact où se passaient les entrevues et lui montra précisément les gestes de sa demi-sœur. Khanithi exerça ses doigts retors à caresser les flots toute la journée. La nuit venue, elle imita sa belle-fille et le gobie sortit de l'eau. Elle l'attrapa, triomphante :

— Cette fois, tu mourras pour de bon !

Elle le cuisina en curry et le servit pour le dîner. Ay jeta les restes aux chats et aux chiens qui passaient par là.

Tard dans la nuit, U'Ay ramena son troupeau, puis elle courut au bord du Klong. Comme tous les soirs, ses caresses chatouillèrent les flots. Elle attendit, appela encore. Le silence lui répondit. Elle rentra à la maison, le cœur lourd. Un canard s'avança vers elle, trois écailles coincées dans le bec. Il les déposa à ses pieds et repartit.

La fille reconnut les écailles de son poisson, même couleur, même taille. Elle les cacha dans sa main et ne laissa rien paraître de sa douleur. Le lendemain, elle conduisit le troupeau comme on le lui ordonna. A l'abri des regards, elle enterra les trois reliques dans une clairière ombragée.

Quelques jours plus tard, alors qu'elle menait les vaches, U'Ay découvrit sur le tombeau deux magnifiques plants de *makhu'a*. Ils avaient des feuilles épaisses, leurs branches étaient chargées de fruits, de généreuses aubergines. La jeune fille remercia sa mère. Ses joues creusées par les larmes se gonflèrent d'une joie inaltérable. Elle les chérit comme elle aurait chéri sa mère, chaque soir après ses corvées.

Cette gaieté retrouvée ne manqua pas de chagriner la maisonnée. Ay fut de nouveau missionnée pour espionner sa demi-sœur et le secret, une fois encore, fut percé. Finie la garde du troupeau ! Le lendemain, U'Ay reçut l'ordre exceptionnel de partir acheter des condiments rares mais indispensables à sa belle-mère, qu'on ne trouvait que dans un village éloigné. Elle partit et ne rentra que très tard dans la nuit. Elle déposa les épices dans la maison et courut à la clairière voir ses deux plants. La terre était sauvagement retournée et ses deux *makhu'a* n'étaient plus là. Elle rentra. Un canard s'approcha d'elle et lui tendit du bout du bec trois pépins d'aubergine. Elle les cacha dans sa main et dissimula la douleur qui l'accablait.

Le jour suivant, elle reprit ses habitudes, accomplit ses tâches, puis conduisit le troupeau à la lisière de la forêt. Elle s'arrêta dans un endroit où personne ne passait jamais, creusa le sol et y déposa les trois graines :

— O toi, Phra Mae Thorani, déesse de la terre, par l'amour que ma mère me porte et par celui que je lui porte, que ces graines germent et donnent deux arbres sacrés, un arbre d'or et un d'argent, et que personne ne puisse jamais leur faire de mal.

Deux vénérables arbres de Pho sortirent aussitôt de terre et étendirent leur imposante ramure. L'un portait des feuilles d'or et l'autre d'argent. La jeune fille se prosterna devant eux, une première fois par respect pour sa mère, une deuxième fois en gratitude envers le Bouddha. Elle les salua ainsi chaque jour en menant paître le troupeau. Elle les arrosait avec soin, s'allongeait à leurs pieds et rêvait aux jours heureux.

U'Ay rêvait quand des pas se pressèrent autour d'elle. Elle se leva d'un bond. Le grand roi Thao Brahma That, entouré de ses conseillers, admirait les arbres sacrés. Il salua la jeune fille :

— Nous ne voulions pas vous réveiller, mais maintenant que vous avez les yeux ouverts, dites-moi à qui appartiennent ces deux merveilles qui protègent votre sommeil ? Seuls les rois peuvent les toucher !

U'Ay se prosterna d'abord puis répondit :

— Ces arbres sacrés sont les miens. Ils abritent l'âme de ma mère.

Elle lui raconta sa vie et ses constantes trahisons. Quand elle eut fini son récit, ce fut cette fois le grand roi qui se prosterna devant elle. Il lui tendit la main et la demanda en mariage. U'Ay lui offrit la sienne et accepta de l'épouser, mais elle refusa de partir sans ses deux arbres. Elle se tourna vers les deux nobles troncs et les salua par trois fois. Elle tira sur une branche de l'arbre d'or, puis sur une branche de l'arbre d'argent. Les deux arbres se soulevèrent comme des plumes. Elle les porta au palais.

U'Ay vécut heureuse auprès de son roi et de ses arbres. Ses talents, sa beauté, sa bonté conquirent les cœurs. Elle était respectée, admirée par les femmes et par les hommes. Une seule maison était hostile à la reine. La jalousie transpirait de ses murs et rongeait les solides pilotis. C'était celle de Kanithi.

Elle entendait faire profiter sa propre fille de ces privilèges royaux. Elle consulta une sorcière qui lui dicta ses faits et gestes et lui remit un baume pour parvenir à ses fins. Elle suivit ses conseils à la lettre.

Elle dépêcha jusqu'au palais un messager chargé d'annoncer la mort prochaine du père de la reine. U'Ay était consternée. Le roi l'encouragea à rendre visite à son père et lui proposa de l'accompagner pour cette terrible épreuve. Elle refusa et se rendit seule dans la maison familiale. Une perruche voleta tout autour d'elle durant le pénible trajet.

Khanithi l'attendait sur le seuil. Elle se précipita vers elle, les bras ouverts :

— O belle reine ! O ma chère fille ! Comme tes vêtements sont soyeux ! Ici, tu les abîmeras. Change-toi avant de les salir contre nos vieux murs !

U'Ay changea ses vêtements royaux contre des habits ordinaires. Elle rentra dans la maison. Au premier pas, le plancher se déroba sous ses pieds et elle tomba dans une bassine d'eau bouillante. Elle mourut sur-le-champ.

La maisonnée en liesse se précipita sur les précieux atours de la morte. Ay revêtit les soieries, adopta les manières et les intonations de la reine et se fit conduire au palais la nuit venue. Dans la pénombre, tous se laissèrent abuser. Pour éviter d'être reconnue au grand jour, elle prétexta la fatigue du voyage, une mauvaise toux, et demanda à rester seule dans sa chambre. Elle s'enduisit les lèvres du baume d'oubli que la sorcière lui avait donné et reçut le roi. Dans le clair-obscur de la pièce, le baume fit son effet mais le roi ne fut envoûté qu'en partie. Quelques détails l'avaient troublé. Il regagna sa chambre la nuit même, triste et pensif.

Ay demeura enfermée des jours durant. On attendit patiemment qu'elle guérisse. Pendant ce temps, les arbres sacrés dépérissaient. Un jour, une perruche se percha sur une branche de l'arbre d'or et chanta du matin au soir :

— Vos arbres sacrés meurent, mon roi, et vous ne vous inquiétez pas ?

Le roi prêta enfin l'oreille à ce chant entêtant. Il tendit la main à l'oiseau et la perruche s'y posa. Elle lui raconta sa mort, sa nouvelle vie et l'imposture de celle qu'il pensait être sa reine. Thao Brahma That lui fit construire une cage en or. Il chérit son oiseau royal et ne le quitta plus.

Or le bruit courut au royaume qu'un éléphant blanc traversait les terres. Le roi s'autorisa à aller voir cet animal de bon augure.

Ay remercia le Bouddha de cette aubaine ! Elle allait enfin se débarrasser de l'oiseau qui lui prenait son époux. Elle s'empara de la perruche, lui arracha plume après plume et la remit à la cuisinière :

— Vous m'en ferez un bon curry !

La servante déposa le petit corps dénudé sur la table et partit au jardin cueillir quelques légumes. L'oiseau plumé se redressa. Il hissa son corps meurtri jusqu'à un trou et s'y cacha. Quand la cuisinière revint, elle s'écria :

— Hia ! C'est moi qui vais me faire plumer si la reine s'en aperçoit !

Elle eut si peur de se faire renvoyer qu'elle attrapa le premier oiseau venu et le cuisina à la place de la perruche. Ay ne se douta de rien et s'en délecta.

La bien-aimée perruche du roi rencontra l'habitante de ce trou salvateur, une souris qui la prit en pitié, l'hébergea et la nourrit. La convalescence dura quelques semaines. Peu à peu, les plumes repoussèrent, plus jaunes, plus vives. Quand elle fut totalement rétablie, la perruche s'enfuit du palais et s'isola loin du monde, dans la forêt.

Cet endroit était si tranquille qu'un ermite s'y était installé. Il perçut immédiatement le chant de la nouvelle arrivante dans ce royaume de silence et comprit à la première note son langage. Il reconnut sous le plumage de soleil la reine U'Ay. Il alluma un feu sacré et lança l'oiseau dans les flammes. U'Ay en sortit radieuse, son corps de femme retrouvé. Elle voua à son sauveur une reconnaissance éternelle et lui offrit de le servir. Elle demeura auprès de lui, consacra son temps aux prières et l'aima comme on aime un père. Le vieux sage la savait seule. Il estima que la compagnie d'un ermite ne pouvait suffire à une femme aussi jeune. Il dessina sur une feuille de latanier la silhouette d'un petit garçon de cinq ans, lui insuffla la vie et dit :

— Voici ton enfant. Son nom est Lop, Celui qu'on peut effacer. Il te tiendra compagnie autant de temps qu'il le faudra et te rendra ta joie perdue.

Lop appela U'Ay « ma mère » et le vieil ermite « grand-père ». Le lieu de retraite s'anima des jeux et des cris de l'enfant. Le temps passa dans un recueillement joyeux. Lop grandit en beauté et en bonté. Il était doué pour les arts, l'écriture, les chants, les poèmes. Tout semblait facile pour lui. Quand il fut en âge de comprendre, sa mère lui raconta son histoire, sa mère gobie, les aubergines, les deux arbres d'or et d'argent, son mariage avec le roi, la jalousie de sa belle-mère, l'imposture et la cruauté d'Ay. Lop répondit :

— Dans ce cas, le roi est mon père et j'irai le retrouver.

U'Ay ne put s'y opposer. Avant qu'il prenne la route, elle lui passa autour du cou une guirlande de fleurs de jasmin, en gage d'amour et de respect. Elle avait aussi enfilé dans le collier une large feuille de latanier. Elle était remplie d'inscriptions évoquant un éléphant blanc, une perruche déplumée, une fuite au cœur de la forêt et un ermite méditant. Ainsi paré, Lop partit pour la capitale.

Il y parvint en peu de temps. Il se promena, visita et s'entretint avec tous ceux qu'il rencontrait. Les habitants étaient intrigués par ce jeune homme si beau et si aimable. Ils étaient aussi curieux du collier qu'il portait au cou, dont les fleurs ne fanaient jamais, même sous une chaleur accablante. En quelques jours, Lop devint le sujet de conversation de la ville. Son nom courut jusqu'au palais, parcourut les couloirs, jusqu'aux oreilles du roi. Thao Brahma That le fit inviter.

Dès que Lop rentra au palais, il demanda à voir les arbres d'or et d'argent. Le roi s'amusa de sa spontanéité et lui montra deux pauvres troncs décharnés. Puis il remarqua la guirlande de jasmin et la feuille de latanier. Il déchiffra les inscriptions en moins de temps qu'il n'en fallait pour que son passé ressurgisse. Il pressa son invité de questions, lui demanda d'où il venait. Lop s'inclina respectueusement devant son hôte et lui fit don de sa guirlande. Il lui révéla que sa mère vivait dans la forêt et proposa de l'y conduire.

Il fallut un jour et une nuit pour arriver au lieu serein. U'Ay et le roi se retrouvèrent enfin. Les feuilles des arbres dansèrent leur bonheur et les oiseaux le chantèrent. Lop profita de cette liesse pour retourner discrètement dans sa feuille de latanier. Il avait accompli sa tâche : rendre à sa mère la joie de vivre, comme l'ermite l'avait prédit. La feuille s'envola, légère, et se confondit dans les feuillages des arbres ancestraux.

Sous la brise légère, le roi et la reine rentrèrent au palais. Thao Brahma That ne perdit pas un instant pour venger sa chère épouse. Il fit enfermer sur-le-champ l'usurpatrice et la condamna à rester prisonnière de ses barreaux avec sa seule méchanceté pour compagnie. U'Ay plaida pour sa demi-sœur et demanda qu'elle soit simplement chassée. Elle fut écoutée. On partit ouvrir les grilles, mais on y trouva un corps sans vie. Sa demi-sœur s'était donné la mort. La nouvelle fit grand bruit. Sethi et Khanithi tremblèrent pour eux-mêmes et s'enfermèrent dans leur maison.

Au crépuscule, un envoyé du palais frappa à leur porte :

— La reine U'Ay tient à vous rendre ce qu'elle vous doit.

Khanithi découvrit une marmite. Fière de sa récompense, elle invita le voisinage à partager ce plat de reine. Tous accoururent. C'est devant tous ces yeux friands et ces bouches gourmandes qu'elle servit les bols tendus. Les mains, les seins, les pieds, les coudes de sa fille en étaient les morceaux de choix.

On dit que Sethi et sa femme s'enfuirent dans la forêt. U'Ay les fit retrouver et le pardon commença son long travail. La discrète I resta auprès de la reine et fut choyée comme elle ne l'avait jamais été par ses parents, à l'ombre des arbres d'or et d'argent.

Une initiation féminine

Dans ce voyage au gré des variantes du conte de Cendrillon, se dessine le difficile apprentissage de la féminité. Nous suivons la traversée de l'héroïne depuis l'état d'enfant à celui de femme accomplie. Deuils, privations, morts et renaissances ponctuent son parcours, comme autant de rites de passage, une initiation sévère qui lui permettra d'accéder au statut de femme en capacité d'être admise et respectée dans sa communauté. Loin de subir les épreuves, elle agit, nouant des alliances avec une nature sauvage qui se manifeste sous l'apparence de guides merveilleux, aptes à faire jaillir force et puissance. Dans cette jungle obscure, elle découvrira ses capacités et peu à peu, construira son identité.

Certaines jeunes filles trouveront dans le mariage une complétude suffisante à leur réalisation. Pour accéder à cette harmonie, elles auront bataillé, manœuvré, quitté, bravé les humiliations, les privations, les peurs. Elles se seront imposées pour parvenir à passer du cercle des jeunes filles à celui des femmes mariées, sexuées et identifiées. En cela, le mariage, en tant que code social incontournable dans les sociétés traditionnelles, aura été le prétexte à cette épineuse entreprise, nécessaire à toute jeune femme.

Mais certaines de nos histoires poursuivent l'initiation. Au moment où l'héroïne bénéficie d'une ascension brillante, car il faut bien que les histoires s'ornent d'or pour que le sens éblouisse, son passé la rattrape. Attendrie par un père mourant ou pour honorer sa mémoire, elle rentre chez elle et se fait tuer par un membre de sa famille. Ce retour en arrière, témoignage de ses faiblesses, lui coûte la vie ; une mort symbolique, l'exhortant à achever l'initiation commencée. Elle doit apprendre à reconnaître, mesurer, discerner, décider, de façon autonome. Les métamorphoses se succèdent, appellent de nouvelles compétences, révèlent des aptitudes encore ignorées et nécessaires. Cet enseignement aux représentations aussi cruelles que pesées et signifiantes aura permis à l'initiée de devenir maîtresse. Elle pourra vivre libre, affranchie de son passé ; loin des stéréotypes véhiculés, nos Cendrillons sont de vaillantes guerrières.

La fille qui a renoncé au bonheur et acheté la misère

Tibet

Il était un pays d'en bas et un pays d'en haut. Dans le pays d'en haut, vivaient paisiblement une vieille femme et sa fille, belle comme le jour, une Toute Belle. Il arriva qu'un soir de froid, alors qu'elle était seule à la maison, la Toute Belle laissa s'éteindre le foyer. Il n'en restait pas une braise. Elle se rendit sans attendre chez sa voisine pour lui demander du feu. Cette femme était une Srin-Mo, une démone, qui vivait avec sa fille, une jeune Toute Démone.

Elles reçurent la Toute Belle, admirèrent ses vêtements soyeux, ses bottes chaudes et douillettes, et l'invitèrent chaleureusement à partager leur repas. A regarder le plat de loin, nul n'aurait pu y reconnaître des morceaux d'oreilles humaines. On aurait dit des navets grillés. La Toute Belle s'en régala en bavardant avec la Toute Démone. Les deux filles avaient le même âge et s'entendirent à merveille, à tel point que la Toute Belle n'eut pas envie de rentrer. La mère démone lui proposa de revenir le lendemain mais la jeune fille se rembrunit :

— Ma mère ne me laissera jamais venir chez vous !

Alors la démone lui dit :

— Pourquoi ne pas tuer ta mère ? Tu pourras faire ce que tu veux !

La Toute Belle, nourrie d'oreilles humaines, y entendit une promesse et demanda comment faire. La mère démone le lui dicta :

— Tu diras que tu es malade. Ta mère voudra te soigner. Réponds-lui qu'elle ne pourra pas car le remède est compliqué. C'est ta mère, elle insistera. Alors tu lui demanderas de pétrir la farine d'orge avec ses seins. Pour toi, elle le fera. Quand elle se mettra à la tâche, tu lâcheras le moulin à eau et il lui tranchera les seins.

La jeune fille s'empressa de rentrer chez elle et attendit impatiemment le jour nouveau.

Le lendemain, elle fit ce qu'on lui avait dit puis courut prévenir les démones qu'elle avait bien tué sa mère. Les Srin-Mo se précipitèrent chez leur voisine. Le cadavre de la vieille femme les mit en grand appétit. Elles la dévorèrent, mastiquèrent chair et os. Quand enfin elles furent repues, elles dépouillèrent la Toute Belle, lui ôtèrent ses beaux habits et ses bottes douillettes pour en vêtir la Toute Démone. Elles lui donnèrent en échange des haillons et des bottes fripées. Nourrie d'une maigre bouillie, la jeune fille reçut l'ordre d'aller ramasser du bois, puis de garder le troupeau de bétail. Jour après jour, s'ajoutèrent la laine à carder et autres nouvelles corvées. La Toute Belle devint une Toute Misère, toute triste et toute tourmentée par le souvenir de sa mère.

D'où elle était, la vieille mère était, elle aussi, torturée par la misère de sa fille. Elle prit corps dans une vache du troupeau. Elle choisit une vache rouge. Dès que sa fille l'eut tiré, le lait frais devint caillé, et dès qu'il fut baratté, le lait caillé devint beurre. La Toute Misère caressa la vache rouge qui meugla :

Fille qui a renoncé au bonheur et acheté la misère, tiens ton vêtement et dors !

La jeune fille épuisée s'endormit en serrant ses haillons contre elle. A son réveil, quelle ne fut pas sa surprise de voir la laine filée, le bois rangé, le bétail rassasié et rentré à l'étable. Un repas chaud fumait pour elle. La Toute Misère reprit des forces. Une semaine durant, la vache rouge nourrit sa fille et lui fit oublier sa détresse. La Toute Belle revint au monde.

La mère démone s'en étonna. Elle la pressa de questions et pour être sûre d'entendre la vérité, la menaça :

— Pourquoi, toi, nourrie de soupe, es-tu plus fraîche que ma fille qui mange viande, beurre et sucre ? Si tu me mens, tu en mourras !

La Toute Belle eut si peur qu'elle lui montra la vache rouge et répéta ce qu'elle lui avait dit :

Fille qui a renoncé au bonheur et acheté la misère, tiens ton vêtement et dors !

Elle raconta la laine filée, le bois rangé et le bétail rassasié. Enfin elle avoua les bons et généreux plats chauds. La mère démone répondit :

— Demain, ma fille prendra ta place. Elle est ta sœur et tu te dois de partager.

Le lendemain, la Toute Démone prit la place de la Toute Belle. Elle s'occupa du bétail et la vache rouge lui dit :

Fille qui a renoncé au bonheur et acheté la misère, couche-toi, dors et tiens ta robe !

Quand la Toute Démone se réveilla, sa robe était remplie de bouse, la laine perchée dans un arbre et le bétail dispersé. Elle ne rentra qu'à la nuit et rapporta à sa mère les méfaits de la vache rouge. La démone était folle de rage :

— La vache rouge et la mère de cette miséreuse ne font qu'une ! Elles mourront de la même mort.

Quand la Toute Misère retourna à l'étable, la vache rouge l'attendait. Elle lui meugla :

— Fille qui a renoncé au bonheur et acheté la misère, je vais maintenant être tuée. La mère démone te demandera quelle part tu veux de ma chair. Demande-lui les quatre pattes et des lanières de peau. Demande-lui aussi mes entrailles. Quant à la viande, accepte ce qu'elle te donnera. Enroule le tout dans les peaux et cache le paquet sous le seuil.

La mère démone fit ce qu'elle avait dit. La vache rouge fut tuée. Les quatre pattes, les entrailles et la viande furent empaquetées dans les lanières de peau et dissimulées sous le seuil.

Quelque temps plus tard, l'annonce d'une grande fête au village d'en bas retentit jusqu'au village d'en haut. On y prévoyait un banquet, des spectacles et surtout, la présence du roi. Les deux démones s'y préparèrent avec entrain. Elles récupérèrent les habits de la défunte vieille femme, se revêtirent de ses étoffes, de ses bijoux ainsi que des beaux vêtements de sa misérable fille. Au matin du jour de fête, elles mélangèrent un pot débordant de grains d'orge avec un pot rempli de graines de moutarde et dirent à la Toute Misère :

— Sépare l'orge de la moutarde d'ici ce soir ou tu mourras.

Puis elles s'élancèrent vers le village d'en bas.

Un corbeau se posa devant la jeune désespérée :

— Fille qui a renoncé au bonheur et acheté la misère, je trierai orge et moutarde pour toi. Sors ce que tu as caché l'autre jour sous le seuil. Les peaux te feront une robe somptueuse, les quatre pattes d'élégantes bottes et les entrailles une admirable ceinture. La chair se fera or et turquoises. Pare-toi et cours à la fête, mais sois de retour avant minuit.

La Toute Misère découvrit sous le seuil les restes de la vache rouge métamorphosés en trésors. Parée comme une déesse, la Toute Belle dévala la montagne.

Les festivités battaient leur plein sur la place du marché. Elle en fit le tour par la droite et vit la démone et sa fille. Elle s'enfuit du côté gauche et s'extasia devant le roi. Nul n'était plus beau et plus grand. Le temps, joyeux, s'écoula plus rapide qu'un fleuve. Minuit allait bientôt sonner. Elle rentra au pas de course. En sautant par-dessus une flaque d'eau, elle perdit une de ses bottes mais, pressée, elle poursuivit son chemin et arriva à l'heure dite au pays d'en haut. Elle trouva devant sa porte l'orge et la moutarde triées. Elle ôta ses somptueux habits, les dissimula sous le seuil et revêtit les haillons. Quand la démone et sa fille revinrent, la Toute Belle leur demanda :

— Racontez-moi, qui était donc le plus bel homme ? Et qui était la plus belle femme ?

La mère démone répondit :

— Le plus bel homme, c'est le roi, et la plus belle, c'est ma fille. Et toi, prépare-toi à mourir.

Mais grains et graines étaient triés, et sa vie sauvée. La Toute Démone se moqua d'elle :

— J'avais cru te voir à la fête, une fille te ressemblait trait pour trait, mais ma mère avait raison, tu ne pouvais pas être en bas puisque tu triais, miséreuse, l'orge et la moutarde en haut !

Et la nuit endormit les langues.

Au pays d'en bas, le cheval royal Nan-pa-gser-Idane à la robe blanche et jaune, un cheval extraordinaire aussi puissant que savant, avait changé ses habitudes. Lui qui buvait régulièrement à l'abreuvoir avait soudainement emmené son palefrenier à une flaque et attiré son attention sur la botte de la Toute Belle. Devant l'insistance du cheval et la beauté de la chaussure, l'homme la rapporta au roi. Le souverain reconnut la botte de l'inconnue qu'il avait admirée la veille :

— Cette jeune fille avait l'allure et la beauté d'une Dakini. Si elle se présente aujourd'hui pour la reprendre, elle sera reine.

La nouvelle se répandit et résonna de bas en haut. Toutes les jeunes filles firent la queue sur la place du marché pour passer la botte souveraine. La démone et sa fille allaient s'y présenter aussi, mais avant cela elles mélangèrent les grains d'orge et les graines de moutarde. Elles ordonnèrent à la Toute Misère :

— Trie ces graines ou tu mourras.

Une troupe de corbeaux se posa sur le sol. L'un d'eux dit à la jeune désemparée :

— Fille qui a renoncé au bonheur et acheté la misère, revêts tes habits de fête, emporte ta botte restante et cours au village d'en bas. Tu seras enfin libérée.

La Toute Misère se para comme la veille et partit, sa botte à la main. Quand elle arriva sur la place du marché, le conseiller du roi criait :

— Celle qui chaussera cette botte exactement, celle-ci sera proclamée reine !

Les jeunes filles se bousculaient, les pieds se heurtaient à la botte, et aucun d'eux ne l'enfilait. Vint le tour de la Toute Démone. Elle présenta le pied droit, mais il ne pouvait y entrer, alors elle essaya le pied gauche. Comme il ne passait pas non plus, elle se coupa les orteils… Rien n'y fit. La Toute Belle s'approcha et dit au conseiller du roi :

— Cette botte-là est à moi et voici celle qui fait la paire.

Elle les chaussa. Elles lui allaient exactement. La mère démone et sa fille ne pouvaient croire que la radieuse qui serait proclamée reine était celle qu'elles malmenaient. Elles rentrèrent au pays d'en haut, persuadées de la trouver, prête à mourir, devant l'orge et la moutarde à trier. En lieu et place, elles découvrirent un sol parsemé des traces de pattes et un tapis de crottes d'oiseaux. Plus un grain d'orge ni une graine de moutarde ! La démone serra les poings :

— La vieille mère de cette mendiante est revenue aider sa fille sous la forme d'un corbeau !

Et elle cracha ces paroles par-dessus les crottes d'oiseaux.

Au village d'en bas, le temps passait, heureux, serein. La Toute Belle, devenue reine, avait mis au monde un garçon. Elle l'avait nommé Don-Grub et rayonnait de bonheur. Elle était aimée par la cour et par le peuple. On vantait partout ses mérites et l'on chantait ses louanges. Ces chants de joie parvinrent au pays d'en haut. Ils éveillèrent l'envie de la Toute Démone. Elle descendit au palais et se présenta à la reine. La Toute Belle brida son douloureux passé et la reçut généreusement. Elle la traita en égale, lui servit les meilleurs plats et l'habilla de tenues aussi belles que les siennes. La Toute Démone l'interrogea sur sa vie et ses habitudes :

— Sœur aînée, comment sers-tu le roi et que donnes-tu à tes serviteurs ? Comment traites-tu ton enfant ? Es-tu sévère ou affectueuse ?

Les questions se firent si nombreuses et pressantes qu'elles éveillèrent la méfiance de la reine. La Toute Belle lui répondit :

— Au roi, je sers une soupe à l'ail et des restes de chou et je le regarde à peine. Aux serviteurs, je donne les trois sucreries, de la mélasse, du miel et du sucre. A mon cher fils, je donne une claque quand je sors et une autre quand je reviens. Je claque aussi toutes les portes !

La Toute Démone poursuivit :

– Ah ! Et au cheval et au chien, que leur donnes-tu ?

La reine répondit gentiment :

— Au cheval je donne de bons os, au chien je donne du fourrage, et il est bon que tu apprennes à dévaler les escaliers à toute allure, comme je le fais.

La Toute Démone dit alors :

— O ma sœur, tu es la reine ! D'ailleurs je vais te montrer comme j'aime prendre soin de toi et t'honorer. Je vais te laver les cheveux et les natter, te faire une coiffure royale ! Partons au lac.

Elles s'installèrent sur la berge. Afin de ne pas souiller la tenue de la reine, la Toute Démone la déshabilla, puis saisit sa longue chevelure et d'un coup sec, la précipita dans le lac. Elle attendit paisiblement que la Toute Belle se noie. Quand l'eau fut redevenue calme, elle revêtit les habits royaux et rentra au palais. Elle s'appliqua à imiter les faits et gestes que la reine avait décrits. Elle servit une vieille soupe au roi et le regarda de travers. Elle combla les serviteurs de sucreries, claqua le prince et les portes, nourrit les chevaux d'os et les chiens de fourrage. Elle parcourut les couloirs et les escaliers comme une tornade. Chaque jour, elle prenait soin de parfaire son comportement.

Au palais, on s'en étonna et on se mit à bavarder. La reine n'était plus la reine depuis son retour du lac. Il y avait la reine d'avant qui n'avait rien de commun avec la reine d'aujourd'hui ! Les conseillers s'en plaignirent au roi qui lui-même, était déconcerté.

Un matin, au milieu de tout ce désordre, le cheval royal Nan-pa-gser-Idane à la robe blanche et jaune, ce cheval extraordinaire aussi puissant que savant, refusa une nouvelle fois de boire à l'endroit habituel. Il entraîna son palefrenier jusqu'au lac, y but une gorgée d'eau et versa une larme de la taille d'une crotte d'âne. Un petit oiseau apparut. C'était un oiseau d'or à la huppe de turquoise. Il se posa sur le sommet d'un arbre et dit :

— Qui, de la première ou de la deuxième reine, a le mieux honoré le prince ? Laquelle est la plus tendre envers son fils, la plus aimable envers ses sujets, la plus attentionnée envers son cheval et son chien ?

Puis il s'envola et replongea dans le lac.

Le palefrenier se dépêcha de rapporter au roi ce qu'il avait vu et entendu. Le lendemain, le roi, accompagné de ses ministres, suivit son coursier sur la berge du lac. Comme la veille, le cheval Nan-pa-gser-Idane versa une larme de la taille d'une crotte d'âne et le petit oiseau se posa sur le sommet d'un arbre. Le roi l'implora de lui parler. L'oiseau se posa sur sa tête, puis dans la paume de sa main, et chanta :

— La reine n'est pas la reine, mais la fille d'une démone.

Mais le roi le pressa :

— Où est donc ma femme ?

Alors l'oiseau se blottit dans sa main :

— Voici la fille qui avait acheté elle-même sa misère !

Et il lui raconta la noyade par la Toute Démone et sa vie à ses côtés. Le roi s'enquit aussitôt :

— Comment faire pour te retrouver ? Enseigne-moi au moins un vœu de bon augure !

Le petit oiseau répondit :

— Confectionnez une bobine de fil aux cinq couleurs et, durant sept jours, que les prêtres Bonpo accomplissent les rites de l'appel du bonheur et les cérémonies de longue vie dans la salle du Trésor. Ensuite, sous le siège de la Toute Démone, creusez un trou à sa taille et recouvrez-le d'un tapis. Quand elle s'assiéra, elle tombera dedans. Versez alors sur elle de la tourbe et des branches enflammées. Elle mourra tandis que je reviendrai à la vie.

Les ministres royaux s'exécutèrent point par point. Les rites furent respectés, les préparatifs achevés. La Toute Démone s'assit sur le tapis, tomba et fut tuée. Dans la salle du Trésor, la Toute Belle revint à la vie.

Elle reprit sa place de reine et ordonna qu'on coupe la tête de la Toute Démone et qu'on la place au centre d'une énorme pelote, grosse comme une jarre. Elle la chargea sur son cheval avec de bonnes sucreries et partit au pays d'en haut rendre visite à la démone. Elle se fit passer pour sa fille, lui offrit pelote et sucreries, et fit mine de s'inquiéter :

— Mère, es-tu en bonne santé ?

La mère rayonnait à la vue de sa fille et s'émerveillait de sa place de reine :

— Tu es devenue tout à fait comme cette fille. L'as-tu bien prise au piège ? Fais en sorte que le roi ignore tout.

La Toute Belle monta discrètement à l'étage et accrocha à une fenêtre un long morceau de soie rouge qui se déroula le long du mur, puis elle descendit et salua la démone :

— Mère, je dois maintenant rentrer, sinon le roi va se fâcher !

La démone mangea goulûment ses sucreries et déroula sa pelote. Au fur et à mesure, le fil laissa paraître un morceau d'oreille, puis une joue. La Srin-Mo trancha la pelote et découvrit la tête brûlée de sa fille. Elle sortit en hurlant et poursuivit la Toute Belle, qui lui lança :

— Tu payes le prix de tes mauvaises actions, comme ta fille l'a payé avant toi. Ne perds pas de temps à me suivre ! Ta maison brûle, une flamme rouge lèche ses murs !

Le morceau de soie rouge ballotté par le vent à la fenêtre faisait l'effet d'un feu gourmand et grandissant. Hurlant, crachant, la démone fit demi-tour.

La Toute Belle rentra au palais. Elle vécut heureuse auprès de son roi et rétablit la joie dans le royaume.

Sources

Remerciements pour leurs versions orales, sources et documentations à Fiammetta et feu Maurice Coyaud, Désita, Fumie Hihara, Phung Oanh, Hô Thuy Trang, Wahyu, feu Pascal Griolet.

Cinderella : a Casebook, Alan Dundes. New York, Windman Press, 1983.

Cendrillons. Cahiers de littérature orale, n° 25, Presses de l'Inalco, 1989.

Quelques considérations lexicales à partir du conte de Cendrillon, Henriette Walter. *La Linguistique*, vol. 48, n° 1, PUF, 2012.

Birmanie

Thirty Burmese Tales, Maung Htin Aung, Geoffrey Cumberlege. Oxford University Press, 1952.

Les avatars d'une Cendrillon birmane, Denise Bernot et Annick Hollé. *Cahiers de la littérature orale*, n° 77-78, Presses de l'Inalco, 2015.

Chine

The Chinese Cinderella Story, Arthur Walley. *Folklore*, vol. 58, n° 1, 1947.

The Secret History of the Mongols, Arthur Haley. Londres, George Allen & Unwin, 1963.

The Cinderella Cycle in China and Indo-China, Nai-Tung Ting. Suomalainen Tiedeakatemia, 1974.

A propos de Cendrillon en Chine, André Lévy. *T'oung Pao*, vol. 81, 1995.

Deux traductions de l'histoire chinoise de Cendrillon, Amy Lai. *Perspectives*, n° 15, 2007.

Asian Origins of Cinderella : The Zhuang Storyteller of Guangxi, Faye Beauchamp. *Oral Tradition*, vol. 25, n° 2, octobre 2010.

Vietnam

Anthologie de la littérature populaire vietnamienne, textes présentés par Huu Ngoc et Françoise Corrèze. Hanoï, The Goi, 1984.

Légendes des terres sereines, Pham Duy Khiêm. Picquier Poche, 1998.

Structure et motif dans le « Conte d'héroïne persécutée innocente » au Vietnam et dans d'autres pays d'Asie du Sud-Est, Bui, Tran Quynh Ngoc. *International Research in Children's Literature*, vol. 2, n° 1, 2008.

Contes du Vietnam – Enfance et tradition orale, Do-Lam Chi-Lam. L'Harmattan, 2010.

Notes de Maurice Coyaud.

Sources orales.

Japon

Du conte au roman : un Cendrillon japonais du Xe siècle – l'Ochikubo monogatari, Simone Mauclaire. Collège de France – Bibliothèque de l'Institut des hautes études japonaises, Maisonneuve et Larose, 1990.

Fêtes au Japon, Maurice Coyaud. P.A.F., 1978.

The Oryx Multicultural Folktale Series : Cinderella, Judy Sierra. Oryx Press, 1992.

Notes de Maurice Coyaud.

Sources orales.

Thaïlande

Contes et légendes de Thaïlande, J. Kasem Sibunruang. Institut des études asiatiques, Faculté des sciences politiques, Université Chulalongkorn, Bangkok, 1975.

Légendes bouddhiques de Thaïlande, Wanee Pooput et Annick D'Hont. Grancher, 2001.

Indonésie

Contes d'Indonésie, Zorica Dubovska et Vratislav Stovicek. Gründ, 1979.

Contes d'Indonésie, Nathalie Belin-Ridwan. L'Harmattan, 2009.

Si Leungli, version du professeur Syabar Suwardiman.

Si Leungli, version de Yus R. Ismail.

Si Leungli, version de Tatang M. Amirin.

Sources orales.

Cambodge

Notes sur les Chams : XII. Le Cendrillon cham, Eugène Marie Durand. *Bulletin de l'Ecole française d'Extrême-Orient*, tome 12, 1912.

Cambodge : Contes et Légendes, Léon Feer et Adhémard Leclère. Wentworth Press, 2012.

Deux contes cambodgiens, Adhémard Leclère. La Découvrance, 2014.

Corée

La tortue qui parle, Maurice Coyaud et Jin-Mieung Li. Fédérop, 1979.

Notes de Maurice Coyaud.

Sources orales.

Tibet

Où l'on apprend que Cendrillon a tué sa mère (II), Bénédicte Vilgrain. TH. TY., 2005.

Sous la cendre, figures de Cendrillon, Nicole Belmont et Elisabeth Lemirre. José Corti, 2007.

Contes d'une grand-mère tibétaine, Yveline Féray. Picquier Poche, 2018.

Table

De la même autrice

Crapaud et le génie du ciel, CD, Editions Oui'Dire, 2018.
Adaptation de contes traditionnels vietnamiens.
Texte et récit : Isabelle Genlis. Musique : Phuong Oanh.

Corbeau noir, Cygne blanc, Picquier Jeunesse, 2016.
Adaptation d'un conte vietnamien illustré par Qu Lan.

Articles, revues *Mythologie(s)* et *Contes et légendes*, Editions Oracom :
La petite théière, conte d'Andersen, Grandeur et déchéance, 2016.
Kaguya Himé ou La métamorphose d'une montagne, 2017.
Carte contée des sites naturels vietnamiens, 2017.
Herbier des contes du Vietnam, 2017.
Cendrillon, un archétype mondial aux multiples visages, 2017.
Littérature orale vietnamienne et Education, 2018.
L'invisible et la frontière en Asie du Sud-Est, 2018.
Les légendes de fêtes à l'est de l'Asie, 2018.
La fête du Têt, le nouvel an vietnamien, 2018.
L'enfant héros, à l'assaut du chaos, 2019.
Le dragon, père des Vietnamiens, 2021.
Les Yvelines, forêt de légendes, 2021.
Paris, ville lumière, 2021.

Achevé d'imprimer
sur les presses de
la Nouvelle Imprimerie Laballery
58500 Clamecy

Dépôt légal : novembre 2021

N° d'impression : 109124